智元微库
OPEN MIND

成 长 也 是 一 种 美 好

管他呢，别管我

[新加坡]
蔡澜 著

人民邮电出版社
北京

图书在版编目（CIP）数据

管他呢，别管我 /（新加坡）蔡澜著. — 北京：人
民邮电出版社，2024.8
ISBN 978-7-115-63124-4

Ⅰ．①管… Ⅱ．①蔡… Ⅲ．①散文集—新加坡—现代
Ⅳ．①I339.65

中国国家版本馆CIP数据核字（2023）第217299号

◆　　著　　[新加坡]蔡　澜
责任编辑　王铎霖
责任印制　周昇亮

◆　人民邮电出版社出版发行　　北京市丰台区成寿寺路 11 号
邮编　100164　电子邮件　315@ptpress.com.cn
网址　https://www.ptpress.com.cn
天津千鹤文化传播有限公司印刷

◆　开本：880×1230　1/32
印张：7　　　　　　　　　　　　2024 年 8 月第 1 版
字数：150 千字　　　　　　　　　2024 年 8 月天津第 1 次印刷

著作权合同登记号　图字：01-2023-2488 号

定价：69.80 元
读者服务热线：（010）67630125　印装质量热线：（010）81055316
反盗版热线：（010）81055315
广告经营许可证：京东市监广登字 20170147 号

吃得好一点，睡得好一点，多玩玩，

不羡慕别人，不听管束，

多储蓄人生经验，死而无憾，

这就是最大的意义吧，一点也不复杂。

我们
为什么还要
读蔡澜

蔡澜先生 1941 年出生于新加坡，祖籍广东潮州。父亲蔡文玄去南洋谋生，常望乡，梦见北岸的柳树，故取笔名"柳北岸"；蔡澜生于祖国之南，父亲为其取名"蔡南"，为避家中长辈名讳，改为"蔡澜"。蔡澜先生戏称，自己名字谐音"菜篮"，因此一生热爱美食。

蔡澜先生拥有许多身份，他是电影监制、专栏作家、主持人、美食家；他交友众多，与金庸、黄霑、倪匡并称"香港四大才子"；他爱好广泛，喝酒品茶、养鸟种花、篆刻书法均有涉猎；他活得潇洒，过得有趣，曾组织旅行团去往世界各地旅行游历，不少人认为他也是难得的生活家。

春节前后，蔡澜先生开放微博评论回复网友提问，不少网友将日常纠结、内心困惑、生活难题和盘托出，等待蔡澜先生解惑。面对网友，蔡澜先生智慧而不说教，毒舌但不高傲，渊博而不卖弄；面对读者，他诉说旅行见闻，介绍美食经验，回顾江湖老友，分享人生乐事。隔着屏幕，透过纸页，蔡澜先生用诙谐有趣的语言和鞭辟入里的观点收获了很多年轻人的喜爱。

读他
通透，豁达，
活得潇洒

提到蔡澜，很多人会想到"香港四大才子"。金庸先生生前常与蔡澜先生同游，他这样评价这位朋友："我现在年纪大了，世事经历多了，各种各样的人物也见得多了，真的潇洒，还是硬扮漂亮，一见即知。我喜欢和蔡澜交友交往，不仅仅是由于他学识渊博、多才多艺、对我友谊深厚，更由于他一贯的潇洒自若。好像令狐冲、段誉、郭靖、乔峰，四个都是好人，然而我更喜欢和令狐冲大哥、段公子做朋友。"

金庸先生是蔡澜先生年少时的文学偶像，他们后来竟成了朋友。蔡澜先生总说："怎么可以把我和查先生并列？跟他相比，我只是个小混混。"四个人中，蔡澜先生年纪最小，因此他不得不一次次告别老友。书里写他与众多友人的欢聚时刻，多年后友人也渐渐远行。蔡澜先生喜爱李叔同的文字，这一路走来，似乎印证了"天之涯，地之角，知交半零落"这句歌词，但这似乎又不符合他的心境，因为当网友问到"四大才子剩你一人，你是害怕多一点还是孤独多一点"时，蔡澜先生回道："他们都不想我孤独或害怕的。"

蔡澜先生爱好广泛，见识广博，谈起美食，从食材选择到烹饪手法，再到哪里做得正宗，他如数家珍；谈起美酒，他对年份、产地、口感头头是道；谈起电影，他又有多年的从业经验，与一众名导、演员有过合作；谈起文学，他有家族的传承——父亲是作家、诗人，郁达夫、刘以鬯常来家中做客；至于茶道、书法、篆刻，他也别有一番研究。

蔡澜先生喜爱明末小品文，其写作风格也受到当时文人的影响，而妙就妙在，他继承了过去文人那种清雅、隽永的文风，他的文章形式上简洁精练，意蕴悠远绵长，但同时，他并未与"Z世代"有所区隔，他熟练使用社交网络，和年轻人交朋友，对新鲜事物充满热情。他不哀怨，不沉重，不说教，常以通透、豁达的形象示人，正如金庸先生所言："蔡澜是一个真正潇洒的人。率真潇洒而能以轻松活泼的心态对待人生，尤其是对人生中的失落或不愉快遭遇处之泰然，若无其事，他不但外表如此，而且是真正的不萦于怀，一笑置之。"

读他
坦率，仗义，
快意人生

蔡澜先生交游甚广，是很多人的好朋友。倪匡先生曾说："与他相知逾四十年，从未在任何场合听任何人说过他坏话的。"

究其原因，多半是他那份仗义和真诚让人信任。

年轻时，蔡澜先生的生活可算是"花团锦簇"。年少时的他交往了众多女朋友，连父亲都同老友说："这孩子年轻时女朋友很多。"到后来，他回顾年轻时的自己，也说"我并不喜欢年轻时的我"。

很多人常议论蔡澜先生年轻时的风流，也有不少人视其为"浪子"，称他是绝对的大男子主义，但他为女性仗义执言又颇让女士们受用。面对"剩女"这一性别歧视类话题，蔡澜先生就表示："剩女这个名字本身就是失败的。什么剩什么女呢，人家不会欣赏罢了。大家过得开开心心，几个女的一块，去玩呐，哪里有什么剩不剩。剩女很好，又不必照顾这个，又不必照顾那个。快点去玩！"这样的言辞让人忍俊不禁，直呼他是大家的"嘴替"。

不仅如此，他还呼吁女性把钱花在增长学识上，鼓励女性多读书、多旅行，拥有自己把日子过好的能力。

蔡澜先生极度坦诚，他从不掩非饰过，也不屑弄虚作假。因"食家"的身份被众人所知后，他不接受商家请客，坚持自己付账，就为了能客观评价餐厅。有餐厅老板找他合影，他不好拒绝，但担心商家用合影招揽食客，于是约定，板着脸合影，表达也许这家餐厅味道不怎么样。

读他
一段过往，
笑对自己的人生

蔡澜先生的人生经历可谓精彩。他生于第二次世界大战期间，青年时期留学日本，在电影行业工作几十年，见证了草创时的筚路蓝缕，也见证了黄金时期的繁荣景象。书里有他的童年回忆和故人旧事，有他拍电影时的所见所感，有他悠游天地间的见闻，有他追忆老友的感人片段。蔡澜先生如今已 80 多岁，但这套书里充满了当代年轻人所喜爱的要素。探店？蔡澜先生寻味的足迹遍布世界各地，吃过的餐厅数量绝对可观。城市漫步（Citywalk）？蔡澜先生可是组过旅行团的，金庸先生就是他的团友。吃播测评？蔡澜先生参加过诸多美食节目，也常发文品鉴美食。生活美学？蔡澜先生就是一个能把艺术、生活与哲理融合在一起的人，他对日常生活的独到见解，相信可以打动很多人。

他对很多事都展现出强烈的好奇心，因为什么都想试试看，才能慢慢变成懂得欣赏的人。这套书涵盖了蔡澜先生 80 载人生经历，囊括 40 年寻味的饮食经验，有他的志得意满和年轻气盛，也有他如童稚时的那般调皮与恶作剧。他的追溯，仿佛能唤起我们内心的情感共振，我们如此这般，似乎只是一个想念妈妈做饭味道的小朋友。

在 2023 年摔伤之前，蔡澜先生总是笑着出现在众人面前，他也常说"希望我的快乐染上你"。他并非没有愁肠，只是选择不把痛苦的一面展露出来。他说："我是一个把快乐带给别人的人，有什么感伤我都尽量把它锁在保险箱里，用一条大锁链把它锁起来，把它踢进海里去。"所以，在生活节奏加快，我们的人生不断遇到迷茫和挑战的今日，希望这套书能如蔡澜先生其人一般，给大家带来快乐，让更多人开心。

出 版 说 明

　　蔡澜先生中学时便开始写作投稿，40 岁前后开始系统性地
撰写专栏，多年来撰写了多种类型的文章。因老父赴港在餐厅等
位耗时颇久，蔡先生下决心"打入饮食界"，这些年他吃在四方，
撰写了大量的文章，这些文章零散发表在各处，这次蔡先生挑选
历年文章，重新修订，整理成系统、精彩的文集，奉献给读者。

　　本次出版图书 2 套，共 8 本，从"饮食"和"人生"两个
方面集萃蔡澜先生这几十年的饮食经验和人生经历。"饮食经验"
一套分别介绍食材、烹饪方法、外国饮食文化及中华饮食文化；
"人生经历"一套按时间划分，分别反映从他出生到 20 世纪 80
年代、20 世纪 90 年代、千禧年后第一个 10 年以及 2010 年至今
的生活体悟。

　　除蔡澜先生多年来撰写的各类旧文，这套书还与时俱进，收
录了蔡澜先生近些年的新作，分享其居家自娱自乐的生活趣事。
蔡澜先生出生于新加坡，现长居中国香港，其语言习惯和用词与
规范的汉语不免存在差异，现作以下说明。

1. 蔡澜先生文章中使用的方言表述，如"巴仙""难顶""好
   彩"等，我们仍保留其原状，只在首次出现时标注其通用语
   义；如意大利帕尔马火腿，粤语发音也叫"庞马火腿"，我
   们沿用其"庞马火腿"之名，也在首次出现时注明。一些食
   物有多种称谓，我们通常使用其被广泛使用的名称，如"梳
   乎厘"，我们统一写作"舒芙蕾"。

2. 文中使用的外文表述，包括但不限于英语、法语、日语等名称，我们尽量列出其中文译名，实在无法对应之处，我们在文中仍保留外文名。

3. 本书文章写作时间跨度极大，但所有文章均写于 2023 年之前，文中所提及的食材的安全性、卫生标准及合法性均视写作时的具体情况而定，本书不做追溯。关于各地旅行的见闻，代表蔡澜先生游览之时的具体情况，反映当时当地的状况，并非今日之实况。因经济发展、社会变迁而早已不适用于今日的内容，我们酌情做了删减。

4. 蔡澜先生年轻时留学日本，后来因工作及个人爱好前往世界各地旅行，文中提到的货币汇率，均代表写作文章时的汇率，我们不做换算。

作为一名食家，蔡澜先生对食材、美食、餐厅的看法均为他这几十年亲自品评所得之体会，而非仰赖权威机构排名。正如蔡澜先生评价食评人汉斯·里纳许所言："我对他的判断较为信任，至少他说的不是团体意见，全属个人观点。可以不同意，但不能说他不公平。而至于口味问题，全属个人喜恶。"我们秉持求同存异之态度，向诸位读者展现蔡澜先生的心得，也欢迎读者与我们一同探索美食的真味。

今天要比昨天高兴，明天又要比今天开心。这是蔡澜先生一再告诉我们的。希望我们的几本书能像一个"开心菜篮"，让大家从蔡澜先生的故事中采撷快乐，收获开心。

目录

第二章 生活大玩家

第三章　难忘老朋友

四海 观光客

去了大连，也爱上了大连人

（一）

我一早从香港乘港龙①到大连。

人家常说："你什么地方都去过。"

天下之大，三生都行不完，这是我第一次去大连。对于这个城市的向往，完全是为了周华健的一句话。

"去内地②，最美丽、最干净、令我印象最深的，就是大连。"他说。

他老兄去内地开了那么多场演唱会，错不了。

之前，先问了一下天气，好准备衣服，说是 18 摄氏度到 24 摄氏度，于是我带了几件夹克，一早一晚穿上御寒，其他时间穿夏装就好了。

也请秘书下载些资料，读后觉得平平无奇，也许因为是官方的网站吧，表述不够生动。让我来写香港，一定比那人写得高明。

还是找吃的资料吧，旅游网中的介绍是中国有八大菜系，分别为山东、四川、江苏、浙江、广东、湖南、福建和安徽。说来说去，和大连一点关联也没有，真是匪夷所思。

---

① 指国泰港龙航空，现已停运。——编者注

② 这里因是对香港人发出的建议，所以称内地。——编者注

听朋友说过，大连盛产山楂、葡萄和黄桃，现在离桃上市的季节还有一两个月，不知有什么水果？海鲜则应该不愁吧。

如果有新鲜的海胆，我会一早到渔市场去买几斤①，回旅馆叫餐厅盛几碗热腾腾的白饭，把大量海胆"啵"的一声铺上去，淋上酱油，与友人共尝。

周华健为什么把大连说得那么好呢？也许是遇到位红颜知己，不过据我所知的华健，不是位拈花惹草的人，说大连好，一定有他的道理。

我一直说，天堂是你自己找的，地狱也是你自己挖掘的，大连不会坏到哪里去。

（二）

飞机降落，大连的机场很新，但并不先进，只有两个直接停泊的走道，其他的飞机落地后，乘客都要乘破落的巴士。

乘客多，通关处只有三行，大家排长龙。我们一行在港龙大连首席代表蔡丰婷小姐的特别安排下，免受等待之苦。

从机场到市中心的酒店只要 10 到 20 分钟，一路上看到的新建筑很多，住宅单位林立，人民的生活水平正在提高。他们的衣着还是很朴素的，不像珠江三角洲的人穿得那么光鲜。

前来迎接的旅行社小巴士很舒适，导游小姐介绍自己："叫我阿华好了。"

---

① 1 斤等于 0.5 千克。——编者注

"什么华？"我们打趣地问。

"不。"她笑了，"刘德华。"

从此我们就"刘德华"来、"刘德华"去地称呼她。"刘德华"对大连做了一个简短的介绍，她的声线抑扬顿挫，不带讨厌的口头禅，听了不令人昏昏欲睡。

"大连的女孩子是全中国最漂亮的。"来之前听金庸先生说。

"刘德华"样子过得去，胜在年轻活泼、态度亲切，最重要的是不造作。

我们这次旅行没有行程表，前后满满四天，随心所欲，轻松得很。下榻的香格里拉酒店是五星级的，有一贯的服务水准。

早上 8 点从香港出发。港龙航班经过 3 小时左右的飞行，抵达旅店是下午 1 点，刚好是午饭时间。

"到哪儿吃东西？"我问。

"去酒店二楼的香宫。"

我一听到香宫就皱眉头，为什么大老远跑到大连来还要吃粤菜呢？

原来这顿午饭是大连香格里拉酒店的经理请客。勉为其难，就到了香宫。好在这段时期香宫正在做四川菜的宣传，没有粤菜的鱼翅、鲍鱼等单调的东西，还吃得过。

"你们这次的目的是什么？"经理问，"可以替大家安排安排。"

"非常明确，"我说，"不打高尔夫球、不观光，一切是吃、吃、吃。"

经理即刻把总厨请了出来。

"要吃什么东西？"他问。

"来大连就吃大连的东西，地地道道的，不要花巧。"

"这点倒有信心。"他说。

"你先替我们准备一锅热乎乎的白米饭。"

"好！"这要求太容易了，他爽快地答应。

"明天一早我到菜市场去买几斤海胆回来，剥了壳铺在饭上，加酱油及山葵当早餐。"

"唔。"他想来也觉得有点意思。

他建议，吃了早餐去旅顺一游，途中有间海鲜菜馆，可以一试。晚饭则是回来吃河豚。

"上次去黄河边的一个小镇吃河豚，村主任叫厨子出来先试，过了30分钟，看他没事，才叫我们举筷。"我半开玩笑地说。

"日本每年吃死一两个人，大连从来没有发生过河豚中毒案，请放心。"他笑了。

第三天的行程是一大早由总厨陪我们到菜市场，看到什么新鲜就做什么，晚饭就在香宫烧一顿他最拿手的大连料理；午饭去试一家传统的农家菜。

把第四日留空，看这几天还听到什么好建议，再填补进去。不然到街边吃大排档，也是件乐事。

大家拍手赞成。这顿午饭，食物平平无奇，但是很有建设性。

吃午饭时，侍者问我要喝什么啤酒。到任何地方去，我都要喝当地的最具代表性和最新鲜的。

黑狮是新牌子，英文叫 Lowen，平平无奇。另一种老牌子的味道也淡，但有一个奇怪的名字，叫棒棰岛，是大连的地名。

棒棰岛建设了一个很大的高尔夫球场，并有欧洲式的建筑让客人住，铺满幼草的地上摆些猪羊牛之类的水泥塑成的动物像，没卡通人物好玩儿，当写实也太俗气。

　　远处传来一阵海腥味，大连，包括旅顺，海水味道都极重，大概是种满了海带、海草之故。

　　如果你以为大连环海，夏天可以在海滩的白沙中散步，那就错了。海滨是岩石滩，都是些碎石。沙滩也好、碎石滩也好，能游泳就是，可惜大连的海和世界上大多数的海一样，不是清澈见底的。

　　折回酒店途中，听说有什么地方可做脚底按摩，这玩意儿流通神州，司机介绍说有一家是日航公司推荐的，就在棒棰岛附近。走去一试，套大连人的流行话，有点"脏样"①。功夫还好，乡下来的小子力气大；价钱比珠江三角洲的贵一倍，100元。

　　晚饭在中山广场的大连宾馆吃，这家古老的建筑像上海的和平饭店，走廊长而阴森，房间很大，少了爵士乐队。

　　食物普通，已没有印象，记得最深刻的是上了两道菜时即有水饺，途中又出现拔丝，不像南方人那样有小食、汤、主菜、甜品之分，什么东西都一二三齐上桌，这是大连的特色。

　　第二天一早，我们不吃早饭，先到荣盛市场买菜。这市场建于地下，活鱼、活虾最为丰富，蔬菜种类较少，水果有些已是外国输入的，像山竹等，荔枝则由广州运到。

　　我们的目的是买海胆，黑色长满长刺的卖35元1斤，买了7斤，后来看到褐色短刺的，才卖6元1斤。

　　"有什么区别？"我们问。

　　"褐色的是浅海的，黑色的是深海的。"小贩说。

---

① "脏样"是瞧不起的意思。——编者注

又看到有种蛏子，又大又长，像古老的剃刀，怪不得洋人称之为"剃刀贝"（Razor Clam），但肉是鲜红色的，像赤贝，我从来没看过，也买了三四斤来试试。

把东西拿到香宫的厨房，请大师傅们清理。如果你不是专家，那10斤海胆够你呛^①，剥壳就要剥个一两小时，而且刺得满手是血。

大师傅已为我们炊好三种饭："丝苗、本地米和两沟的，要哪一锅，任选。"

当然要了大连的本地米，黏性较佳。海胆上桌，一共有三大碟。

先试浅海海胆，3斤分量和那7斤深海的一样多，可见浅海的比深海的要肥一倍。

浅海海胆香甜得很，在香港已被当成极品。再吃深海的作比较，浅海的就被比了下去。

深海海胆第一很有光泽，第二很干身，第三味浓。据说浅海的一摆，就出水了。

不管深海的还是浅海的，将一大堆铺在热饭上，淋酱油和山葵，大家吃饱到不能动弹。

再吃红色蛏子，被油爆得太老，肉有如橡皮筋那么硬，吃了一块就放弃了。

起初还以为10斤海胆不够9个人吃，后来还剩下很多。"海胆当早餐，真是吃得豪华奢侈。"我们大叫。

当地人听了懒洋洋地说："我们吃早餐，把海胆放在豆腐花上吃，

---

① 够呛，方言，有忙不过来、受不了、吃不消的意思。——编者注

才不会太饱。"

吃过早餐，上路到旅顺。大连和旅顺是分不开的。大连人当旅顺是大连的一部分，其实我觉得它们是两个完全不同的地方。

大连活泼，充满生机；旅顺则相当沉寂。

旅顺的特点在于海产品非常丰富。

路上可见一大卡车一大卡车的海带被载往各地，海带是渔民用很多条深入海中的钢缆探取后挖上陆地的，那一大堆远看似废铁。

海面上密密麻麻地树立棚架，用来养珍珠。

海湾上有几家海鲜店，我们就决定在这里进食午饭。海鲜种类多得不可胜数，其中印象特别深的叫"海怪"，原来是从壳中拉出来的寄居蟹。只见两只大钳子，拖一条柔软的尾巴。吃时先从尾巴下手，整条充满蟹膏，再将钳壳敲碎，食其肉，比普通的螃蟹钳鲜美。

还有海肠，是蚕形的海蚯蚓，甚肥大。当地人把肠中内脏去掉之后，拿剩下的肉来炒辣椒，叫作"胶管"。样子也像，硬度也像。

旅顺立了很多纪念碑塔，游客不绝。碑塔旁种的松树，品种很特别，最能御寒，南方少见；样子和自由女神手上拿的那把火炬相似，树尖还歪歪斜斜的，像风中的光焰。

一排排的小贩摊子，有数十家，但卖的东西完全一样：干海参、咸鱼、鱿鱼、廉价珍珠串、各种海带等。被挤在档外的独立小贩们分两种，卖瓜子的和卖波螺的。

他们推着小车，车前摆一包包的瓜子，分小袋和大袋；车后是一个很小的人工煎炒器，把瓜子放进去，四壁加热，上面有一个弓字形的把手，小贩将它团团转来炒香瓜子，方法非常原始。

瓜子用的是向日葵籽，尖尖的，像丝苗米；就算是小袋的，也有上千粒，要花多少人工才能剥出？内地有的是人工。

向小贩要了一包小的，卖两元，便宜呀便宜，正在感叹时，一转身，另一名小贩争生意，才卖一元，唉。

尖脲波螺相信所有的大连儿童都吃过。它盛产于泥中，一挖就有。干炒一下，是最佳的免费食物，在没有糖果的年代，有什么东西好过波螺？

波螺一粒只有一颗小螺丝钉那么大，一包上百粒卖一元，我本来不想买，怕海水污染，但是被那个塑料包中的汽水盖吸引了，是做什么用的？汽水盖中打了一个小洞，吃时把波螺翻过来将尖端插进去，用力一压，折断尖头，就可以从尾部把那粒小得不能再小的螺肉吸进嘴，细嚼之下，还是很鲜甜的。

后来在餐厅中也看到用波螺肉做的冷盘，这次至少有几千粒，问侍应这碟东西是什么名堂，她回答说是一粒粒挑出来的螺肉，故叫"功夫菜"。座中有人说会不会是叫几百个人吸啜后吐出来的呢，大家听了都不敢动筷了。

被日本人侵占过的大连，去之前大家都说有很多日式建筑物，但到了才知道大多数已经被拆掉，中山广场上的"大连宾馆"和这家叫"大连大名"的日本餐厅是剩下的吧。

前者的日本旧名叫作"大和旅馆"，走进去有如身置筑地，我们当晚前往，完全是因为要去吃河豚。

师傅将河豚片成刺身上桌，我看了摇摇头。将很薄的河豚片铺在透明的玻璃碟上，便看不到肉；用青蓝花纹的瓷碟，河豚肉薄见底才是正统。

又有烧河豚和河豚火锅上桌。4条大鱼，9个人吃，应该够了，但叫菜时肚子饿得咕咕叫，看到水箱中有一尾游水大红鲷，众人好奇地捞起，抱着拍照片，就连它也要了。

一称，有 14 斤，14 斤就 14 斤吧。第四吃为肉刺身，留一部分做天妇罗 ①，头红烧，骨熬汤。

怎么吃也吃不完那么多，还贪心地叫一尾大活虾盐烧，最后把那些吃剩的鲷鱼刺身也倒进锅中灼熟，汤汁更鲜美。

这时把饭倒进去，煲一煲，再打大量鸡蛋煮粥，完成，熄火，撒上花。这是一煲完美的粥，众人又连吃三大碗，虽然口中还是嚷嚷吃不下。

4 尾河豚共 4 斤，加上 14 斤鲷鱼，一共 18 斤肉，每人平均 2 斤，就算减去骨头，也够呛的。

在大连人的眼中，我们这顿饭吃得穷凶极恶，但算一算，这也只是香港价钱的 1/3，在日本吃的话，单单河豚就已要贵出数倍来。

到了大连，有兴趣吃一顿日本料理的话，可到"大名"试试。

第三天一早 7 点整约了香宫的大师傅赵先生在大堂等候，一群人浩浩荡荡地去菜市场买菜，回酒店烧一顿午饭吃。

菜市场大得不得了，有 10 个，甚至有 20 个九龙城街市那么大吧。分海鲜、蔬菜、肉类、水果和干货等几个部分。

赵师傅四十多岁，非常老实，每到一档都要小贩们减价，选活海参时，还用手大力挤，连肠也要挤清才作罢；再叫小贩称斤，付了钱，拿收条，以示清白。

---

① 在日式菜点中，用面糊炸的菜统称为天妇罗。——编者注

我们看到什么稀奇的材料都叫他买下，每一次赵师傅都问："要怎么煮？"

每一次我们的答案都相同："照你妈妈教你的做法煮好了。"

多种材料都买齐了，除了地瓜粉，这是北方人的主食之一，街市中到处可见，做得像方桌一样大的一块块，啫喱状、深绿色，我们看起来都一样，但赵师傅一直摇头嫌不正宗，大声叹气。

将它刨成细条，淋上酱油、芝麻酱、花、蒜蓉、辣椒、芥末、香菜等数不清的配料，凉拌了是天下美味。

街市旁边是一家地道馆子"王麻子海鲜楼"，招牌上画了一个巨大的麻子脸人物，很容易认出。早餐就在这里解决吧。

三鲜饺子其实像锅贴，但和面时加了蛋，皮呈黄色。摆了一排排，每碟20个左右，馅中有海参的，才能叫三鲜。另外再要了一桌子的食物，现在已经不能一一记得清楚，但每一味我之前都没吃过。

在菜市场的熟食档中看到了油饼、山东大包，又把它们买下在餐厅中吃。徐胜鹤选了一只大卤鸭，14元，斩件了一起上桌。

当然，最后还来一大碗海胆捞豆腐花，这早餐，是近年来最丰富的一顿。

说到购物，出名的是大连刺参，但我们都非专家，那么贵的东西怕买到假货。

我们到一家叫"友谊商场"的大超市去，主要是买矿泉水。由世界各地运来的百货齐全，但并不一定卖得出，从架上拿下来的东西，一定要看食用日期是否超过。

我看到一大堆山楂饼放在橱窗中，买回到酒店，在阳光下才发现有点点的斑迹，发了霉。最后连真空包装的其他小食，不管超不超期，我也一起丢到垃圾桶里。

后来又到一家书画店，买了很多罐丙烯颜料来画领带。"丙烯"，在香港被叫作"乳胶漆"，是英国温莎牛顿（Winsor&Newton）在天津生产的画画的原料，买者渐稀少，再不到人工费便宜的地方制造，恐怕要关门大吉了。

最后去了新华书局，一座好大的建筑，买了些线装书。现在《水浒》《三国》都出线装本了，我最喜欢。成卷看，字大，适合老花眼看。金庸先生作品的线装本不知何时完成，到时候躺在酸枝贵妃椅上重温，发达了。

对大连新华书局最深的印象，还是同一座大厦有新华舞厅，供客人跳交际舞。跳舞和读书虽说格格不入，但亦无不可也。

赵师傅做的家常菜一流。疙瘩汤是将所有的海鲜都加进去的大杂烩，鲜得不能再鲜。

在大连宾馆吃到的酸辣乌鱼蛋汤，乌鱼的蛋切得太薄，我还以为是粉皮。真正的乌鱼蛋味甚美，有咬头，宁波人常以它入菜。

老醋赤贝和螺头的凉拌为头盘。红烧游水海参和晒干的海参完全不同，前者能吃出原味。当地人还用海藻来包包子，这也是南方人想不到的。

大连产的带鱼特别好吃，煎一煎便能上桌。除了海鲜，赵师傅还做手扒排骨等肉类菜，最后的甜品拔丝地瓜，更令众人赞不绝口。

香格里拉酒店中的香宫，一向是做粤菜的，如果你下次到大连，可请他们特别为你安排一顿当地佳肴，比鲍鱼、鱼翅更好吃。

吃饱了，已没什么事可做，最好还是去按摩。前一个晚上我去酒店对面那家，问服务小姐这是不是最高档的，她摇摇头，老实地指我去一家叫"依斯特"的。

我们男男女女一群冲进世纪街上的"依斯特休闲娱乐中心"。男女宾客入口各异，换了浴袍后到的休息室，则是男女共享的。

设施有桑拿浴、蒸汽浴、再生浴、温水游泳池、音乐广场、麻将房、卡拉OK、商务中心、会议室和美容形象设计，并加了棺材式的热能震动按摩器。

客人可以在房内或大厅做头部、身体和脚部的按摩。年轻的按摩师穿梭。

大连的苏联式和日式建筑已被拆得七七八八，代之的是高楼大厦，但许多住宅单位，好像是空着的，没人住。问起香港的地产界人士，他说："大连的城市建设，构思很新、很理想，但是没有一条明确的路线。工业方面，日本人来开厂，不过路途比去珠江三角洲远，运费加重。地产方面，香港人则来投资，不过当地人的消费能力还是不强，我们有很多房子卖不出去。至于旅游方面，有许多条件还是不足。"

大连人一向有日出而作，日落而息的生活习惯，各商店、食肆最多开到晚上9点就关门，我们嚷嚷去吃消夜，导游吴小姐难于没有什么好地方可介绍，其实要找起来还是有的，像王麻子的早餐，但也要努力发掘。

我们这次旅行是由港龙旅游助理经理钱美仪邀请的，她先生是国泰航空的高层，也同行；另一组招待人是Tom在线旅行部总经理李瑞芬和她的助手桑尼亚。星港旅游老板徐胜鹤及千金徐燕华和我作客，查传偶夫妇作陪，大家都是旅行惯的人，谈起来特别投机，都想组织些旅行团，为大连的旅游业做一些事。

大连旅游的条件不足，但是我们认为还是值得去的，当然不只是吃海鲜那么简单。

最令人舒服的不是地，是人。

在街上散步，你会看到人民的表情是那么安详，和在南方的感觉完全不一样。

在香港的中环尖沙咀走一走，游客们会发现香港人不大微笑，神情也颇为紧张，大家绷着脸匆忙赶路，不瞅不睬。

一个人入夜在街上走，是不安全的，香港客都有这种印象。大连的治安绝对没有问题，也无群乞的骚扰。

我们一群人坐包车到处游玩，看到食肆就跳下去，贵重的东西放在车上不必设防。我们身上最新型的小摄录机，最多带来羡慕的眼光，其中没有占有的意思。

保守的大连人当然不会主动与你攀交，但如果向他们问路，都有明确的指示。此行所遇到的大连人，态度都是和蔼可亲的。

最具代表性的应该是在中山广场的群众吧，白天很多人在踢毽子，踢东西似乎是大连人的专长，足球队也是全国顶呱呱的。大连人对足球的狂热，不逊欧洲人。

小贩卖的都是毽子和肥皂液，后者让儿童把玩。

到了晚上，广场大放光明，播出音乐，让大家跳交际舞。这是最受大连人欢迎的娱乐，单纯而可爱，绝对不让人有罪恶感。

大连街灯也很特别，一盏108个灯泡。

到大连之前，最好学习几句流行语，较易融入当地社会，像说"好"用"爽"代替；举杯时，说"走"好过说"喝"。

我现在才明白周华健为什么那么赞美大连，其实他爱上的并非名胜、建筑或饮食，他爱上的是大连人。由于他的推荐，我去了大连，也爱上了大连人，现在推荐给你。

过桥米线

到了昆明，在旅馆中吃的过桥米线，都不正宗，我非常失望。

其实过桥米线这种食物的变化也不大，总是那么几片生肉和一些蔬菜及米线，倒进滚热的大碗清汤中来吃，比吃火锅简单许多。

后来我摸到外面的地道餐厅，发现一种叫小锅米线的，才精彩。

用一个如小柚子般大的陶钵，里面装红烧牛肉，烧烫了钵，再把碗中的米线和蔬菜倒进去烫熟。汤汁非常之浓厚，米线才好吃，这种粗米线就是广东的濑粉，本身并无滋味，汤不浓的话就淡而无味了。

蔬菜之中，有种叫鱼腥草的，和四川人的猪屁股叶一样，有股很臭的味道，吃不惯的人尝过后即刻呕吐，喜欢的人百吃不厌，和榴梿、臭豆腐、芝士的道理一样。

浓汤加了鱼腥草，味道更错综复杂，比起普通的过桥米线，更胜一筹。

过桥米线的传说，相信大家已听过无数遍。过桥米线的历史并不深，它是在清朝年间才被发明的：一个书生为求功名，跑到孤岛上去读书，他的老婆每天走过石桥为他送饭吃。怕食物冷掉，滚汤，上面用一层油护热，等老公吃时才把肉放进去，即熟，鲜嫩可口。丈夫后来考中状元，说："今日成就，全靠过桥米线。"

但是现代人怕油，从猪油改用植物油，已失原味，还把油下得愈来愈少，汤一上桌已经冷掉。白灼猪肉，吃了不够熟的，肚子生虫，未考功名，病死都有份。

大多数餐厅做这道菜时，已不用鸡骨熬汤，而是放大量味精充数。本来，汤上那层油遮盖之后，还要把整个碗拿去烧，才够热。我舀热汤进碗已算客气，有些地方的汤已冷掉，温温吞吞的，不止肉不熟，吃了生虫，还喝了味精水，要把你渴死为止。

专家

云南的食物，像云南方言一样，基本上都受了四川的影响。

这次在昆明和丽江吃到的菜，加上许多菌类，相信是近年来才流行，从前还不是只有冬菇？每天吃著名的过桥米线，非常单调。

为求变化，我点了一些虫类。有一种蔗虫，专蛀甘蔗，很干净，高蛋白，炸后咬起来很香。这种炸蔗虫，潮州人也吃，并非云南人专有，后来吃到一种炸水蜻蜓，才较有特色。

每一餐，最可口的还是火腿。火腿有时是干瘪瘪的，被切成一片片；有时是切片后蒸熟的，有一层肥肉，连皮上桌。当地人大概每天都吃,不屑一顾,我们却吃得津津有味。

但是比起珠江三角洲的鱼米之乡,瘠瘦高原上的云南省食物,好吃的极有限。

饮食文化除了上等材料,还要有代代相传的历史,经过不断改进才能丰富。哪会是把米线倒进热汤中那么简单?

招呼我们的人,每上一道菜都问:"好不好吃,好不好吃?"

如果有人一说不好吃,他们脸色一沉,变成一个好像和你祖上有深仇巨恨的人,直骂和你这个不懂得欣赏的野蛮人谈话不值得!

所以我每次都以微笑回答,不说好,也不说坏,一个字也挤不出来。

有些到过香港的,直追不误:"你是饮食专家,给点意见嘛!"

我还是摇头微笑,结果被问得烦了,只好说:"你要听真话还是假话?"

对方犹豫了一刹那,接着说:"真话。"

"一点都不好吃。"我说。

他们的表情是,你吃不来,怎么会是专家?

我懒洋洋地说:"这年头,够胆说真话的,都变成专家。"

大皱

也许我对云南食物没有什么好感，是遇人不淑。

接待我们的是一个小单位，派了一个一副讨厌嘴脸的婆娘来招呼，她声线极尖，讲起话来刺耳。

到任何地方，她都要显示自己的权威，在机场要我们走特别通道，结果被海关人员拒绝了，她大发脾气。

"照普通人排队好了。"我们无所谓。

"不行！"这句"不行"是她的口头禅，"已经讲好的，一定会让你们过！"

闹了老半天，令我们尴尬不已。

上飞机之前又要等专车送，我们已经不能容忍她的嚣张，跟其他人排队入闸。

"你们就入乡随俗吧！"她尖叫。

好像都是我们的错。

"顺利地把你们送走，我就安心了。"她说。言下之意，快走才好。

之前她安排我们每餐都在酒店吃。我要求："来到一个新地方，就试这地方地道的菜，不一定是贵的才好。你到香港，我也会安排你尝尝当地的风味。"

她不以为然，但只能照办，我们这才吃到一两顿可口的饭菜。

途中遇见一群烟草公司的人，他们才是懂得吃的，带我到通往丽江机场的旧路上的一间小面店吃早餐，吃浓汤熬出来的面条和云吞。地方简陋，但食物富足，令人难忘。

要是由这群年轻朋友带我到昆明，一定能找到一些未尝过的美味。

想起我在酒店中吃的味精水过桥米线，就像初次来到香港的人，叫碟炸得不脆的咕噜肉，吃得眉头大皱。

"情人"向导

我们乘旅游巴士从香港到东莞去吃东西。

东莞旅游局派了两位向导来深圳接我们。一上车，导游便把司机位旁边的一块小板翻出来，靠着它向我们讲解东莞的风土人情。

这块小板专门为向导设计，有片皮垫，以免靠得腰酸背疼，不过一站就要站一两小时，也够辛苦的了。面向大家，导游先介绍自己："我姓程，名字很难记，朋友们都叫我程人。"

广东话中，程和情同音，大家都笑了。

不知道是谁定下的规矩，旅游巴士上的导游非从头说到尾不可，起初还有点兴趣听听，接下来为了礼貌听听，最后还是听周公去了。

团友粗口大王坐在车头，每听到一事必发表意见，每句话也必夹个脏字，吓得这位"情人"向导脸色发青。不过两辆巴士中的两位导游都很尽职，从头到尾眼不离各位团友，上了车数了又数，只怕少了一两位。

第二天出发时有个团友迟到，粗口大王便破口大骂。

　　"情人"向导拼命地为迟到的团友打圆场，心地真好，把话题转到东江水："香港的水全靠我们这条河运去。"

　　粗口大王骂得兴起，什么话都骂出来了。

　　"情人"向导又是脸色发青地转移话题，说旧时的蝤蛑餐有多好吃，现在吃不到了。

　　"吃不到的东西别再引诱我们了。"我笑道，"我们应该谈今晚会点些什么，凡事都要向前看。"

　　"情人"向导也笑了，对我们说："你说得对，不过在我来说，是向后看。"

布耶佩斯

　　进入法国国界，即刻感到一阵凉意，它的确是一个山明水秀的领土。

　　树也特别漂亮，草油绿。法国人长得并不高大，很有礼貌，并不像传说中的"不会讲法语就看不起你"。

　　和邻近的西欧国家一比，意大利太过炎热、德国冷酷无情、瑞士刻板、英国浓雾，似乎都有问题，只有法国毫无缺点，美就是美。

　　葡萄当然也是法国的天气最适合种植，品种优秀，酿出来的酒，价钱受国家控制，不能卖得太贵。面包也一样，松化、软、香，但不可以乱叫价。所以在法国，做人永远不会饿死，只能醉死。

我们在一家靠河的餐厅中吃饭，点了一瓶餐厅的餐酒，好喝得要命，才卖 70 港元。一个套餐，也不过 120 法郎①，合 200 港元。五道菜，吃得人捧着肚子，懒洋洋地晒太阳，不肯走出来。

晚上，抵达马赛，当然要喝全球闻名的布耶佩斯鱼汤了。

这家餐馆是"保护布耶佩斯原味学会"的会长开的，要求苛刻，汤中的杂鱼少一种也不做生意。这个协会要志同道合的人才可以参加，大家都不折中，一定依古法煲汤。我跑到厨房去学习，先是把杂鱼用网包住，煲至稀烂为止，才将可以整条吃的鱼抛入汤中，再滚 10 分钟，分开来上桌，汤归汤，鱼归鱼。

为什么只有在马赛喝的鱼汤才是最好的呢？明明大家都会煲呀！第二天一早跟大师傅去买菜，才知道理。马赛港口的杂鱼，鱼种并不是在其他海域找得到的，这才可以煲出布耶佩斯来。

即使是巴黎的著名餐厅，也只能叫鱼汤，不可以用布耶佩斯称之，不然"保护布耶佩斯原味学会"听到了，会大声抗议的。

① 法郎是 2002 年前法国的法定货币单位，现使用欧元。——编者注

Auto Grill

"我再也不想见到 Auto Grill^① 了，简直是一个噩梦！"队友说。

我们这次从意大利罗马到米兰，一直在赶路，要多拍一点东西给观众看；为了节省时间，我们很多顿午餐都在 Auto Grill 吃。这是一个意大利全国连锁的组织，差不多所有的高速公路上都有一家，卖的东西完全一样，一边是便利店式购物中心，另一边是餐厅。

第一顿吃，觉得还可以，有生火腿的头盘、生菜沙拉、煎牛扒^②猪骨羊膝，当然少不了意大利粉和海鲜饭。

"比日本公路上的好得多了！"我说。

起初大家没出声。至少，买沙拉时给你一个大汤碗，装到满满为止，有高丽菜^③、番茄、粟米粒、薯仔等，单单吃这一道，已饱。再不喜欢，可以吃薄饼，餐厅中有个电炉，烤完一块又一块，新鲜热辣。喝的东西有啤酒、红白餐酒、可乐、立顿冻柠檬茶、苏打水、咖啡，应有尽有，饭后还能自选各种甜品，比如雪糕。

Auto Grill 很会做生意，凡是巴士司机和导游都不收钱，希望这两种人物下次会多带一点生意给他们。

我是摄影队中最老的，也算半个导游，每一次选完食物经过柜台付

① 意大利高速路餐饮服务商。——编者注
② 即牛排。——编者注
③ 又称甘蓝、卷心菜、椰菜等。——编者注

钱时，总是说一声"导游"就免费了，好像回到 20 世纪 60 年代乘巴士说"家属"一样，得意得很。

一餐又一餐，这不用花钱的饭，再好吃也枉然，其他人也都吃得生厌，要求去麦记[①]，但是公路上 Auto Grill 这个大集团已把麦记挤走，后者一家也找不到。

巴士进入法国，见到公路上有法国麦记——"Q 记"[②]，大家狂喜。进去大吃一餐，几天后，又一定会说："我再也不想见到 Q 记了，简直是一个噩梦！"麦记、Q 记都不好吃，加起来是麦 Q 记。

法国早餐

法国酒店也包早餐，食物就比意大利的丰富得多。至少，这里还有热东西吃。

煎蛋、混蛋、香肠、腌肉，都是热的。

为什么意大利人不怎么吃热东西？也许是他们的天气已经太热。

给人留下很深印象的，是法国南部的自助餐台上摆着一篮刚从树上

[①] 即麦当劳。——编者注

[②] 指法国快餐连锁品牌 Quick。——编者注

摘下来的水果。我去时见到的是又肥又红的樱桃，梨和桃也盛产，有时是被装在一个木箱中，整箱任选。

新鲜水果对一个旅行的人很重要。肉吃得太多，会起生理变化，需要以水果来调理，不然坐长途车，会很辛苦。

茶放在进门的第一个位置，虽然只是茶包，也有许多种类。法国人的喜好受英国人及意大利人的影响，徘徊在茶和咖啡之间，不像意大利人只是一味喝咖啡。

还有他们的长条面包，皮不硬，中间更是松化，像一进口就融掉似的，百食不厌。更有羊角包，全世界都学法国人做，当然是在当地吃的最正宗不过了。

果酱放在大玻璃缸内，任客人自舀。他们认为锡纸包装是邪道，连放入小瓶的英雄（Hero）果酱也看不顺眼，非一大缸一大缸地装不可。

奶酪倒是可以接受塑料和锡纸包，但我发觉这种食物是给外国旅客吃的，法国人不去碰它，像对它的兴趣不大。

美国人发明的麦片和麦饼碎也不受欢迎，法国小孩却吃得津津有味，因为父母为他们淋上了蜜糖。

一般人都很有礼貌，迎面一声早安，也许是因为我身在普罗旺斯区，南部的法国人没巴黎人那么讨厌吧。

在自助餐厅里，见他们吃多少拿多少，绝不装得整碟满满的，吃不完剩在那里，可知很有教养。这是在意大利看不到的事。

烂花运

在法国，当地的旅游社派了一名女子给我们当翻译和向导。

"请问一下在里昂能不能找到一家香水厂？"我很客气地问。

"啊，香水是南部才做的，南部天气热，花开得多，里昂在中部，一定是找不到的。"她尖声地说。这已经不是她第一次那么回绝我们的要求了，这个讨厌的女人，任何一件事，不先去查，先说没有才讲。

最后真的忍不住了，我好声好气地再说一次："问一问，没有就没有，有就有。"

好像我在质疑她的智慧，她马上翘起唇来，实在丑人多作怪。

大概是报应吧，我在工作中时常遇到这种女人。

总之，不管说什么，她们都是先否定，人生态度一点也不积极，给出的所有答案都先是悲观的、毫无希望的。和这种人说话很疲倦，精力都给她们吸走，绝对要回避才行。

最恐怖的经验是在印度尼西亚的森林中拍戏时，当地的一个女剧务处处和我作对，正要炒她鱿鱼，她搭上了爆炸师傅，向我说没有了她，爆炸一定不准，炸药放在房里，不小心的话整间旅馆都可能被炸掉。

同样的噩梦，发生在印度。当年拍猛兽电影，有个女工作人员又来针对我，引诱了驯兽师到我房里做手脚。睡到一半，有条花花绿绿的眼镜蛇从我大腿爬了上来，好在当时年轻力壮，一下子跳起，才逃过噩运。第二天好不容易才把这对可恶的男女逼走。

大师

保罗·博古斯（Paul Bocuse）在法国是一位传奇人物，早在数十年前已经是米其林三星的一级厨师。在欧洲，想要得到一星已经不容易，三星还得了？他开的餐厅无数，在澳大利亚墨尔本也有 10 间。

去到哪儿，都有人拿纸和笔让保罗签名，他的地位比很多明星还高。遇到狗仔队，保罗总是双手叉在胸前，做戴高乐状，让他们拍一个饱。说来也奇怪，拍多了，样子真的有点像那位法国总统。

我们这次去参观里昂的酒店业专职厨师学校，就遇到了保罗。一群穿白色衣服、戴厨师高帽的学生当保罗是神一样地崇拜，真是有趣。

别说是自己的餐厅，有些经他指导厨艺的饭馆，在七月、八月这两个月中，一早就被订得满满的，想尝到保罗的菜，难如登天。但是保罗反而偷空出来，亲自下厨，烧一餐给他的司机、水喉匠①、送蔬菜和肉类的同事们吃。我们来了，请他一起参加节目拍摄，他才给足面子；对那些所谓的"皇亲国戚"、富商、银行家，保罗反而爱理不理地摆架子。

那天保罗在厨房中，毫无准备。原来他叫了助手做好几道菜让我们拍摄，自己只在旁边指指点点。

"你叫别人烧菜，我怎么向观众交代？"我大声地抗议。

保罗想想，也对，向我说："那么你要我烧些什么？"

我即刻想出一个最刁钻的要求："你烧一个蛋给我看看！"

---

① 粤语，指水管工。——编者注

保罗呆了一下，也爽快地笑了："从来没有人问我蛋是怎么做的。好，答应你。"

保罗将一个碟子放在炉上烘热，先下蛋白，留着蛋黄；等蛋白熟了，把蛋黄放在碟上，余热将蛋煎得完美，真是一绝。

蓝火车

1900 年在巴黎是一个很重要的年份。为了世界博览会，法国建造了铁塔、大皇宫、小皇宫、亚历山大三世桥，还有这座我们要谈的巴黎里昂车站餐厅，叫蓝火车（Le Train Bleu）。

往返里昂最好是乘火车，速度一小时三百多公里，比日本子弹车更快，出发或到达时，可以顺道欣赏它的餐厅。

布满墙壁和天花板的绘画里，我们可以看到 1900 年的生活方式，每一张画都仔细画着火车经过的都市。阿维尼翁的断桥，我们刚刚到过，和画中的一模一样，仿佛历史停留着似的，比拍的照片还要逼真。

当年人物的衣着、阳台上的桌椅、餐厅中的食物和杯盘，都描绘得一丝不苟。要做历史考证，来里昂车站研究，最好不过。

整个餐厅有 41 幅画，由不同的名画家所作。奇怪的是，他们并不互相排挤，大家都依同种风格来画，画像是出自一个人的手笔，产生很和谐的气氛。

最可贵的是能保留完整，壁画像新的一样。当年使用蒸汽火车，它也没有被烟熏黑，是一种奇迹。

餐厅分两个部分，外面给客人喝咖啡、饮杯酒休息，吃简单的三明治等；里面却是一个正式饭堂，绅士、淑女们出出进进。

吃的东西，最著名的是烧鸭和烤羊腿，我们两样都点来试试。鸭肉是选最高级品种来烤的，皮香啪啪的又很脆，女伴们怕肥不敢多碰，都把最好吃的皮让给我，一乐也。

羊腿烤得软熟，整只放在桌子上，用刀叉片成薄片来吃，切到肉心，刚刚够熟，进口即化，真想不到羊肉能做到这种境界，真是毕生难忘的经验。

理想皇宫

如果你去法国南部的普罗旺斯玩，别忘记到一个叫欧特里夫（Hauterivers）的小镇去看"理想皇宫"。

它并非什么宏伟的宫殿，只有 26 米长、14 米宽、12 米高罢了。样子像儿童在海滩上建的砂堡，幼幼稚稚、笨笨拙拙，但的确是一座看了毕生难忘的作品，比许多出名的教堂、皇宫都出色。

原来是一个没有学过美术的邮差一点一点建的，总共花了 33 年。

这个叫"邮差薛瓦勒"（Facteur Cheval）的人，有一天送信时踢到一块石头，像中国画里的云朵，样子很奇特。当晚他做了个梦，那块石头变成一座皇宫，翌日他便发誓把这个梦变成现实。

在 100 多年前，大家都当他傻或疯，想不到他一块一块地把石头拾起来，一个一个地收集贝壳，就那么砌。一天过一天，一年过一年，开始时还是白天送信，晚上才工作，从正职退休后，他才整天整夜地建造。

最欣赏他的是一个帮他用鸡公车推石的工人，他说："建这座皇宫的是一个普通的老百姓，看他完成这座宫殿，就知道人类的伟大，只要一心一意想完成些什么，就能做到。我为他推石头推了 27 年，觉得这一生没有白费。"

修建"皇宫"凭借邮差一个人的想象力，他塑造出来的动物，四脚并排，没有透视学的考量，反而像古代壁画一样，很有美感。

夏天来看这座建筑最美了，打了灯，像走入一个童话世界。因为邮差是在晚上才工作的，所以夜里看"皇宫"效果才更好。冬天来看也好，屋顶盖上雪，有如蛋糕。

邮差死后想葬在这里，但是村里人都反对，要将他埋在公墓里。邮差不能和毕生心血同眠，真是件憾事，但他对艺术的贡献，却是不能被夺取的。

和尚袋流浪记

我在普罗旺斯一间古堡菜馆尝过毕生难忘的一餐，酒醉饭饱，忘记了一切，包括那个黄色和尚袋。

一伙人出发，到了别处，才发现。我不肯麻烦大家走回头冤枉路，心中暗暗叫苦，袋中有个贵重的手表、信用卡，最重要的是电子记事簿，少了它，与许多朋友的美好回忆会随风消逝。

打电话去询问，古堡餐厅的经理说："恭喜你，找到了，我们会用邮包寄到你下一程住的旅馆，请放心。"

那种自豪的语气令人舒服，我没有考虑去停止信用卡的服务，手表和现金是身外物，只要将记事簿寄回来，已心满意足。

到了里昂，住了三个晚上。我天天问柜台有没有收到包裹，看到的只是摇头的动作。

在里昂，我有一个医生朋友，我们通信通了 30 年，从来没见过面。他是我女友的前男友，为我们维持联络，因为这个女友住无定所，到处流浪。没有记事簿找不到人，的确令人懊恼。

离开里昂时包裹还没收到，原来是餐厅经理没用快邮寄出。一路上和里昂的酒店联络，走了之后，邮包才抵达。这次他们说是用速递，到了巴黎酒店，绝对可以寄到。

巴黎有航空展，我们中间要换旅馆，当邮包到达时，我们又转了一家，结果还是看不到踪影，打电话到最新的酒店，千吩咐、万吩咐，有个邮包一定要收起来好好保管。

终于到达了，因为名字写错了一个英文字母，酒店柜台将包裹退了回去。这次我火了，指着经理的鼻子大骂。第二天派人到邮局，才物归原主，东西完整，不失一件。

前后花了 15 天，望着这个"和尚袋"，我说："辛苦了。"

悲喜剧

从巴黎下午 1 点乘国泰的航班，中间隔了时差，在香港同一天的清晨 7 点抵达，要飞 13 小时。

我习惯前一晚不休息，所以一登机即刻昏昏欲眠，关照空姐别叫醒我吃东西，就那么睡、睡、睡，睡到着陆为止。

下机后食欲大振，直奔九龙城那家小餐厅饮早茶，未抵前先想到那几碟烧卖、潮州粉果、虾饺、肠粉和铺满排骨的盅头饭，未尝此味已久，如果还在戴口水巾的话，已浸湿。

相熟的侍者笑盈盈捧上浓普洱，我迫不及待地先夹了一颗虾饺，蘸了酱油送入口。

咦，不对。酱油淡了，毫无香甜的味道。虾饺很容易破烂，潮州粉果皮却不管怎么以筷子和牙齿摧残，还是顽固地抵抗，绝不磨损，耐用之极。

伙计看到我的表情，匆忙解释："老板上个月不做了，说那么多年，太辛苦，顶给别人了。"

才发现坐在柜台上收银的那个家伙，对客人不瞅不睬，态度高傲。

"厨房也换了人？"我明明知道，还是想确定一下。

伙计点点头，带点苦笑，好像心中在说："还有我在，东西不好吃，请照样光顾。"

完了，完了。那碗炖得清澈香甜的鲩鱼片芫荽皮蛋汤也没落了吧？今后宿醉，去哪里找此等美味来解酒？还有烧卖，也不卖。

旧老板享他的清福去，为他欢慰，这是挽救不回的悲喜剧，但是顶他店铺的新掌柜，怎么笨到要人家躯壳，摒弃人家灵魂？

虾饺、烧卖罢了，学习三个月再来开店嘛，至少也有三分像，你以为有造导弹那么困难吗？真是的！

来到这家餐厅，像参加老朋友的葬礼，感慨不已。

偷拍

意大利政府知道他们卖的是什么，重工业和新科技都不发达，只有观光可做生意。所以，罗马的旧市中心不能建新屋子，髹漆也得申请。如果像香港那样拆了又建，建了又拆，早就没有游客来玩儿了。

看古迹是免费的，但是要拍摄的话，每个地方要几千到几万港元。钱也许不是问题，只是申请时间太长，往往逼得摄影队只能偷拍。

所谓偷拍，就是把摄影机藏起来，演员排好了戏，一二三，大家跑出来演一次，拍完即刻溜走，像无牌小贩一样。

除了办理正式的手续，还得有个中间的有力人士去疏通。

经疏通之后，政府还要看你的器材用多少、有没有保险等，手续比缠脚布还长。就算是使用私人住宅，也得申请，申请的是摄影队泊车的准证，时间同样要那么长。

钱怎么算？以一英里计算，每英里1270里拉[①]，合6港元。别以为6港元很便宜，加起来可是个天文数字。大家都哇哇叫救命时，意大利政府说："好，你们嫌申请麻烦，拍摄费又太贵，这样好了，我们整个罗马给你们拍，天亮拍摄算你们一天80万里拉，晚上120万里拉，加20%的消费税。"

早上给4万港元，晚上给6万港元，还要加税。大家被迫付钱。这个生意在1998年就给意大利政府带来10亿里拉的收入，他们当然笑啦。

不过意大利人本性还是乐天的、松散的，警察看到你在偷拍，只要不用三脚架，他们也睁一只眼、闭一只眼，到底是给足你面子，也不会不近人情。

我们在偷拍时，遇到警察，就叫几位女艺人去和他们协商。

弗罗拉大酒店

最初听到要住弗罗拉大酒店，不知道是怎样的一种酒店，安排的人说："也有四星的水平了！"

五星、四星的评价非常没有水平，我一向不太相信，只知道它在威尼托大街，像香港的尖沙咀，至少出入方便。

这条街给费里尼的《甜蜜的生活》拍得灿烂靡靡，但现在已恢复平静，商店和餐厅林立罢了。

从前住过的是街口的怡东酒店，五星级，像半岛一样古老森严；可惜因为西班牙国王到访，已被订满，被迫入住这家弗罗拉大酒店。

大堂很小，一边是茶室和餐厅，酒店也只有五六层楼高，不甚起眼。一进房即刻知输赢，这是我住过的最舒服的旅店之一。

什么才能叫舒服呢？首先要一点味道也没有，即使是五星级，有些自作多情喷上花精，马上就能闻出。

套房的厅是椭圆形的，三面窗。地毯和窗帘布及沙发颜色统一，柔和不刺眼。一张打桥牌用的桌子，一张书桌。两个柜，一个打开是电视，另一个是小酒吧。

经过另一边的走廊入卧室，两旁为行李室及浴室，有坐厕两个。浴室中分花洒和浴缸，很大，可放化妆桌椅。

窗多，尽量让阳光射入。

卧房中简单地摆了一张可以打滚的大床，两边小几挨着书桌，对面是另一个电视，就此而已。去了一趟那不勒斯，回来还是住同一间旅馆，这次是单人房，也一样高贵清雅。

什么是舒服的旅店？再问自己一次。住得像自己的家，就是舒服，五星还是四星，别管它。

野猪大餐

从飞机上看下来，罗马的近郊，尽是一些农田和果园。我们由酒店出发，经 1 小时车程，抵达一个小镇，目的是去吃烤野猪。

整只野猪毛鬖鬖的，剥皮、开膛，取出骨头之后，将它抬到另一间小屋去烧。控制温度的是一位老太太，她的烧烤功夫，已打磨超过 60 年。

首先把松木烧成细炭，烤一百多斤重的猪，炉得用非常巨型的，像一间房子。

这么一烤就要 4 小时，慢火。我们在等待期间跑到乡下小酒吧，吃橄榄下酒，酒保是老板的太太，像为先生倒米似的，下手毫不留情，整个水杯满满的葡萄果渣白兰地（Grappa），有餐厅要卖 4 杯的分量。

和当地人指手画脚地聊天，老人家热情得很，马上带我们到他家去坐，壁上挂他年轻时的肖像，非常英俊。他太太也是位美女。

4 小时很快过去，野猪烤好了。刀切下去，像糯米团那般软绵绵，将野猪肉硬的印象完全扫清。其香味，至少有家养猪的 10 倍浓。

中间的肉，还有点血淋淋的。牛肉生吃不要紧，猪不行。到底吃不吃？正在犹豫，烤猪的老太太说不要紧，已经熟了，接着一片片吞下肚。你能吃，我也能吃，我学足她的手势，一片片吞下肚。

香、多汁、软熟，与中国的烧金猪完全不同，当然皮没有我们烤的那么爽脆，但以野猪味补其不足，是我毕生尝过的最美味的一餐。吃完把手擦干净，大叫："朕，满足也。"

同行友人嫌残忍，不敢吃。

我亦尊重她的意见，不过，我说，家养猪你吃不吃呢？对方点头，我又说，野猪又有什么区别？这家伙横行霸道，一生摧毁农作物无数，更有用尖牙撞死小孩的例子，若不食此厮，家养的猪更不能碰了。

听了似乎觉得有点道理，友人便用刀叉试了一口，就不能停止，到后来干脆用手撕，吃得满嘴是油。

这才是享受人生嘛。

意大利早餐

在意大利，我吃的都是冷东西，牛奶、果汁、酸酪、麦片、生火腿、芝士……

面包多种，也是冷的，甜者居多，法式的面包连羊角包都要涂上一层糖。普通的面包分一个拳头那么大的和一长条的，需要自己拿刀切。这种面包硬得要命，掉在地上发出砰的一声巨响，吓倒邻桌老太太。

在外面咖啡店吃的也是这些东西，旅馆习惯性地包早餐，我每天起身就到楼下吃，但一看不开胃，又跑回房间自己煮公仔面。

要是睡迟了，起来不及时，我又到餐厅去，自备普洱茶叶。第一次交给侍者，吩咐装进茶煲就行，冲不冲掉一次已不重要。

拿回来给我，一看，茶叶不见了，只是一壶淡淡的褐色水。原来厨房自作主张，替我沏完把茶叶扔掉，真是太可惜了。虽然不是什么宋聘好茶，但也珍贵。在意大利，喝完了到什么地方添购？

偶尔，在一些三星级的旅馆中反而会出现炒混蛋，却是事前炒了一大堆装进一个大盘中，下面用热水保温的。

忽然对这种混蛋特别有好感，它是唯一的热食物，我拿了碟子多添些。

吃进口中，一点蛋味也没有，像飞机餐中把冷冻蛋重新加热的味道，要把蛋做得那么难吃，也需要很高的天分。

水果多是腌渍过的梨或桃子，加糖，味道极不自然，难于咽下。也没有生菜沙拉，尽是肉类和淀粉，吃得我身体起了变化，花在洗手间里面的时间长得多。

好处在于咖啡是香浓的，但是对咖啡毫无兴趣的我，一点用处也没有。

怪不得意大利人到半岛或香格里拉，看到自助早餐之丰富，又是中式又是西式又是日式的，蛋是新鲜煎出的，果汁是现榨的，叹为观止，大叫："这才是天堂的食物嘛！"

西班牙石阶

在中国香港看世界天气，西欧温度 6 月底介于 15 摄氏度到 24 摄氏度之间。白天是很舒服的，早晚很凉。我带了几件厚一点的衣服。

飞机下降到罗马时，机师报告："天气晴朗，目前温度 15 摄氏度。"

要不要加件衣服才走下来呢？最好是从窗口看地勤工作人员穿些什么。

他们都是穿半袖的。意大利人真不怕冷，15 摄氏度还穿得那么少！走下机，一阵热风。原来，6 月底已经那么热，什么 15 摄氏度？机师完全在骗人。中国香港的天气报告也是，一点都不准。

在酒店中洗了一个澡就去家餐厅拍摄，吃完午饭走向罗马的名胜西班牙石阶。头上的太阳，更是晒得厉害。大家全身都被汗打湿，寒衣多余。

"为什么在罗马市中心的石阶，不叫意大利石阶，而要叫西班牙石阶呢？"新拍档李珊珊好奇地问我。

这个基本的疑问，倒是没有人提起过，我解释："这儿从前有西班牙大使馆，拆后建石阶，所以叫西班牙石阶。"

好在我还学过一些历史，要不然一定被她考倒。我继续说："这个石阶是法国人拿钱来兴建的，本来应该叫法国石阶才对。"

附近名牌时装店林立，一年一度的时装发布会，就在这石阶公开举行，让电视台转播到世界各地。意大利人可真会做生意。

从石阶上走下来，遇到一群旅客大嚷："名牌在哪儿买？"

本来看到暴发户总会心生反感，但凭日行一善的心情，由我这个老牧童遥指杏花村。

他们谢也不谢一声，拿出 1 美元大喊："Gucci！ Versace！ 我来也！ 我来也！"

我看到一群扒手跟着他们，相信是有报应的。

那不勒斯薄饼

那不勒斯距离罗马车程只有两小时，很少有人去，导游也不推荐："很危险，人长得都像贼。"

为什么？这倒没有旅客深入研究。原因出在意大利政府没有把民生搞好，那不勒斯靠渔业，但海洋已渐受污染，鱼少了，人们的工作也少了。

穷则变，变则通，那不勒斯人专造赝品，反正意大利手工向来一流，很多名牌都是意大利人做的，只要是你能想象到的名牌，那不勒斯会制出一模一样的东西来。

我们到这里住了一个晚上，主要来吃意大利薄饼（Pizza）。

最古老的薄饼店铺开在这里，也是全意大利最著名、最好吃的，来到意大利，不去怎么行？

烤薄饼的炉，外形已变得有点现代化，但是烤面还是烧柴的。为什么未吃已感到一阵香味？原来炉边有个东西装木屑，大师傅一边烤，一边把木屑添入柴中烧，松香四溢，这是在电器化的大集团薄饼店里吃不到的味道。

薄饼最基础的材料很简单，在饼上先涂一层番茄酱，再加芝士粉、橄榄油和几片金不换叶子，就此而已。

我们当然不满足于只有这些了，跑去和大师傅商量，要自己做，加很多料。大师傅不反对，我就把海鲜、火腿香肠等撒了一大堆，烤来自食。

吃了并不满意，偷了一片友人的原始薄饼，第一个感觉是香、是甜，而且真是那么薄，如果不连边吞下，可以连吃三四大块，这才是真正的薄饼。

看面前吃不下的多料杂种薄饼，对自己的贪婪，感到无限羞耻。

庞贝

去那不勒斯，除了吃薄饼，另一个主要原因是，这里是到庞贝古城的必经之地。

公元 79 年，火山爆发，熔岩把整个城市埋在地下，一埋就埋了上千年。

通过挖掘出来的庞贝古城，可以看到古代的民生。原来它已经有政府大楼、歌剧院、大广场。家家户户的门前有流水经过。那时候的人，已经学会用水管把水运入家中、洗手间，还有类似抽水马桶的设备。古时生活之优雅，令人自叹不如。

街道设计为每隔一家住宅就有间商店，看到许多火炉和陶壶，原来是当年的快餐店。

也看到做薄饼的炉，和现代意大利餐馆用的一模一样，或者是由中国传过去的，但马可·波罗难道在中国学过做薄饼？

住屋和商店之间的石头路，两旁已给马车或驴车的轮子碾出深坑，大石之中还有许多白色的小块，据说当年铺的尽是些会发光的猫眼，经氧化，才变为现在看到的石。

公众浴室已很流行，大的小的都有。当年罗马人泡汤，一定泡出瘾来，让奴隶来擦背。

抱在一起死掉，变为石头的夫妇，已被搬到那不勒斯的博物馆中展览，在庞贝看见的只是两具奴隶的化石尸体，露出的白牙健全齐整，相信都是年轻人。

金狮

趁我还没有忘记，得先把在意大利吃的几家餐厅记录下来。

要写的并非意大利菜，而是中餐。

吃厌了意粉，总要跑回中国馆子，来碗白饭，滴些酱油，也比薄饼好吃得多。

意大利的中国菜馆大多是温州人开的，菜式千篇一律，吃过之后骂声一片。

印象最深的是在米兰的"金狮"，老板叫吕永建。

说是广东菜嘛，又不像，但味道奇好。到底是什么东西？原来吕先生几十年前从中国香港到此，当年他学过什么手艺，就烧那几样，一直保持不变，所以吃起来反而有老香港的原汁原味。

不在菜单上的是例汤①，煲得原始和够火。如果你早一天预定，吕老板可以做出和"阿二靓汤"家一样味道的汤来。

菜单是手写的，第一个入眼的是清蒸鲈鱼。意大利盛产此鱼，很新鲜。鱼蒸得火候恰好，还名副其实地离骨，这是意大利大师傅永远做不到的。

梅菜干扣肉下饭最好，这家店还可以用金针菜干来代替。炆出来之后，发觉菜比肉好吃。

红烧蹄筋也是一绝，肉汁入味，元蹄的皮和蹄筋都软熟，意大利人也吃猪脚，材料不是问题。

将西餐中的鹿肉拿来炒笋片，也是在香港难吃到的。

至于价钱方面，清蒸鱼类最贵，一份要 35 000 里拉，但也只等于 180 港元。烧得很可口的砂锅狮子头，也不过是四五十港元一碟。

怪不得每次去，都遇见从香港来订时装的买手。他们常来米兰，知道那里又便宜又好吃。

---

① 例汤是中国香港饮食用语，指餐厅当日用餐时段供应的汤水。——编者注

航行日记

在接下来的 12 天里，我将乘一艘叫"海的光辉"（Splendour in the Seas）的邮轮，直航北欧诸国。

从香港飞伦敦，住了两个晚上，才从伦敦驱车到哈里奇（Harwich）上船。

有些朋友为了赶时间，抵达香港后即刻来哈里奇，这并不是一个很聪明的做法，因为飞机在清晨 5 点半着陆，加上过海关及一个半小时的车程，到哈里奇时还是很早。有人认为这个靠海的小镇至少有些餐厅可以吃吃东西，其实完全错误！它是一座"死城"，除了上船的手续厅中有个小咖啡室，其他设施一概不具。

邮轮要等到下午 5 点才开，时间浪费得不值。

多数人乘船会带很多行李，不便于游伦敦，但至少在希思罗机场吃吃喝喝，再坐车来，也好过在这里干等。

我们一行悠闲地在出发前 1 小时登船，甲板上提供自助餐，我们胡乱地吃了些东西。

船很大，当今的邮轮都是愈造愈大的，像一座海中的摩天楼，而房间已经不是开圆圈圈的窗口，有升降电梯，餐厅、娱乐场所俱全，大堂广阔，一切都有如一间大酒店。

客人总共有 1800 名，加上七百多位职员，仿佛浩浩荡荡地把一个小镇移到另一个小镇去。第一站停在挪威的奥斯陆，第二站是瑞典的斯德哥尔摩，第三站是芬兰的赫尔辛基，第四站到俄罗斯的圣彼得堡，第五站是爱沙尼亚的塔林，第六站到丹麦的哥本哈根，最后才折回英国。

乘邮轮这件事，一般人以为很落伍，是垂老的人才干的。加上《泰坦尼克号》这部沉船戏的影响，谁愿意花那么多工夫乘邮轮？坐飞机好了。

岂知邮轮生意愈来愈好，其中有个主要的原因是父母已难得和家人团聚，买了船票困住儿女十几天，他们要跑也跑不了，这时便可以趁机教训他们一番，哈哈。

两个煲

上船之后，行程便被安排得满满当当。

中午 12 点半开始就可以到桑拿浴室去泡一泡。按摩完肚子饿，吃点东西，休息一会儿。

到了下午 4 点 12 分，强制客人参加紧急救生课程，教你在什么地方集合，怎么穿救生衣。中国人大叫"大吉利是"[①]，外国人则当作成年人的夏天露营，狂呼好玩儿。

下午 5 点整，船的引擎启动，船开始驶离码头。酒吧可以营业了，因为卖的是公海的免税酒，价钱不比陆地上的贵，不过也不便宜。之前客人把自己的信用卡交给服务员，他们再发一张在船上通用的卡片，之后一切付款，包括购物，都只要签单，不必带现金。

接着有一场讲座，解释岸上旅游的安排和有什么东西值得看。不喜欢听的人去健身房和机器玩儿。

上船时，服务员拿了相机为个人或团体拍照，这时已冲印好，你可以带走自己的照片，不过是 10 美元一张，嫌贵的话不要好了。

我发现这是船公司赚钱的好方法，今后的旅行，职员无时无刻不在为你拍照，在餐厅，他们扮成海盗用尖刀指你的喉咙，又拍一张。美国客最喜欢这个了，他们可以拿回小镇向朋友耀武扬威，拼命签卡，到时

[①] 通常用在说了一些不该说的话之后，大概意思是说了一些不好的话，所以要说句特别好的话来掩盖，或者弥补前一句的不好。——编者注

是一笔大数目。

晚上 7 点夜总会有表演。吃饭时间是两班制的，6 点半和 8 点 45 分。要和谁坐订票时已经划好，如果单身参加，其他人是不是美女或俊男，就要碰运气了。遇到无趣者也逃不掉，这 12 天内早中晚三餐都要面对无趣的人。

不想和大家一起吃的话，可到自助餐吧或浴池边吃意大利薄饼和热狗。要不然叫房内服务，24 小时任意进餐，但是吃来吃去都是那几道。我带了两个煲，一个滚水，一个煮公仔面，任何情形，都难不了我。

小费

从英国到挪威的第二天途中，半夜 12 点要把表拨快一小时。中国快英国 7 小时（夏令时），快挪威 6 小时。

我本来一上飞机，已忘记中国香港是几点，但星期日上船，翌日的星期一要做香港电台《晨光第一线》的节目，这时我的雅典手表发挥了作用。它是分钟照行，时针上下一按，即可前进或倒退到当地时间。

算准香港上午 9 点，我跑到甲板，站在那儿等电话。现在用的是卫星电话，因为在公海中手提电话 ① 的漫游功能已失去。

---

① 又称移动电话。——编者注

　　人类把卫星送上太空，让全球每个角落都能通话。但卫星电话露天时效果才好。

　　等啊等，电话还不来，北欧的半夜两点，虽说是夏天，还是寒冷的，有种寂寞凄凉的感觉。

　　诗云："似此星辰非昨夜，为谁风露立中宵。"人家是等情人，值得。我在等做电台节目，想起来好笨又好笑。

　　电话接通，声音清楚得很，闲聊了一会儿，我被问到这次航行，到底要花多少钱。

　　我一下子回答不出来，此趟是被查先生夫妇邀请而来的。回到房间后，翻看价目表，12 天的航程从 1 700 美元到 12 000 美元。如果早 9 个月到一年预定，则可省数百至 1 000 美元。

　　相差的只是房间的大小和看不看得到风景，吃的玩的，则是一律。这是美国公司制度的好处，无欧洲式的头等、二等、三等。

　　但是不管你付多少钱，小费还是要照规矩给的。船上的说明书讲明：小费是一种非常私人的事，为第一次乘船的客人，我们列出以下数项，供你们参考：

　　餐厅侍者 42 美元，侍者助手 24 美元，收拾房间的 42 美元，侍者主任 9 美元……在下船前一个晚上付给。

　　心算一下，单单小费，就是 117 美元，约 1000 港元，这是躲不过的。

不睡觉

半夜三更通完电话后，干脆不睡，把时间用来写稿，反正第二日的航行，一整天都在海上，没什么事好做。

北欧的夏日太阳悬挂时间很长，晚上 10 点多太阳才下山，黑了三四小时，隔天清晨两点半左右已见日出。再往北一点，24 小时都是天光。

早上 6 点半开始在玻璃房的大厅中进食早餐，我饿了整夜，食欲大振，跑去一看，是所谓欧陆式自助餐，都是冷包、茶或咖啡。

我没有兴趣，从 8 点忍到 10 点，在最大的那家餐厅正正式式地吃，当然有各种蛋、腌肉、火腿、麦片等，但想到今后的 10 天内都是同一张菜单，已开始感觉乏味。

船上安排了一整天的活动，包括小型高尔夫球、名画拍卖、桥牌、图书馆、夜总会酒吧等，让客人与客人之间建立友谊。但对于中国人来说，最大的兴趣莫过于在游戏室中打麻将了，一大早已有两三桌在开。

友人的一群太太牌搭子不够，拉我去打。她们打的是广东麻将，我已染上台湾麻将的瘾，觉得出冲的人付钱比较公平，但也陪她们打。其中一位打得很慢，考虑了半天才出牌，更是没趣，打了一个上午虽然赢了 250 港元，但并不开心。

吃完午饭想睡觉，打开电视，是一部还没看过的名片，就死盯着看完，眼皮多重也不肯合起来。

到傍晚，穿得整齐，去参加船长会见客人的派对。只要穿黑西装、打领带就行，如果坚持穿踢死兔①，船上也有得租。我看见一群美国土佬穿了踢死兔，即刻和他们化妆妖艳的太太去照片部拍照，替他们要付 10 美元一张的费用而担心。

见船长的主要目的也是和他拍照，又是 10 美元，全程下来，他们非花上三四百美元不可。

吃完晚饭再在甲板散步几圈儿，已是 12 点。再写些稿，从窗口望去，已抵达挪威。

Y

人生百态

起初看见一个小岛，岛上有数棵松树，像东方松，弯弯曲曲的，不是西方笔直的那种。再下来是二个、三个、四个岛，至无数的岛。

船从岛中穿过，两侧陆地上有零零星星的小屋，七彩缤纷，像玩具。船抵达挪威首都奥斯陆。这是一个不见摩天楼的城市，约 175 平方千米，大多是湖泊和森林，只住 46 万人，为欧洲人口较稀少的地方。②

我们上岸走了一圈儿，皇宫、教堂、国会等，都留不下什么很深的

---

① 粤语，指燕尾服，由 Tuxedo 音译而来。——编者注
② 以上数据依作者写作本文时的情况而定。——编者注

印象。它的建筑物并不宏伟，历史也不算悠久，没什么个性。

反而是当代雕塑家古斯塔夫·维格兰（Gustav Vigeland）的作品代表了挪威，展示了人生百态，加上生老病死。维格兰的石像都不穿衣服，男男女女身材都肥嘟嘟的。

每一个石像都有不同的表情，一个哭泣的男孩，表情充满愤怒，表现出人的劣根性。另一个女孩恨恨地瞪她的弟弟，也显出人类原始的妒忌心。仔细观赏，才能在那无数的石雕中找出它们。走马观花的话，没什么意思。

维格兰从 1921 年开始雕塑，到 1943 年死去，二十多年间能一点一点地创造那么多的作品，也是一件奇迹，绝对值得一看。

另外有蒙克博物馆（Munch Museum）。爱德华·蒙克（Edward Munch）在 1944 年死去的时候把一千多张绘画赠送给奥斯陆市，其中有代表作《呐喊》，画中是一个抱头尖叫的小孩，看过的人，无不被作品吓到，恐怖中的恐怖，没有一张画比得上。

天下美味

在第三天的下午 3 点半，我们就要上船，往瑞典走。

晚饭时间分两班，一班是 7 点到 8 点半，另一班是 8 点 45 分到吃完为止。我们订了后者。

好不好吃? 你想想看, 要准备 1800 人的东西, 能好吃到哪里去? 等于是把头盘、汤、沙拉和主菜分派好拿上桌的自助餐, 不过每一道菜都有三种选择, 你都要吃, 也可以。

每种试一口就停下, 也没人管你, 浪费罢了。大家都还能自制, 不会乱来, 胃口好时, 多来一份。吃来吃去都是肉和鱼, 不厌也得厌, 很少有人会胃口好。

早餐也是同一个菜单, 连吃 12 天的麦片、面包、果酱、鸡蛋、腌肉和火腿。不喜欢到餐厅吃可以在房间叫餐, 凌晨 4 点之前把牌子挂在门栓上, 会在指定的时间内送到, 小费另给。

午饭没有晚饭那么丰富, 多了几道意粉之类的菜, 另外可以不吃自助餐, 到酒吧去点薄饼和热狗。一切没有酒精的饮料免费。买酒就拿卡片去刷, 12 天下来也不是一个小数目。

上岸时经过一个菜市场, 我买了大粒的蘑菇、刚长出来的洋葱、一棵高丽菜和一些生火腿片。在房间里滚汤, 生火腿带咸, 不必加其他调味料, 也很可口。西餐中, 蔬菜只是被做成那么一碟沙拉, 其他都是肉类。吃惯中餐的人, 总觉得缺乏蔬菜, 身体会起很大的变化。

把买回来的蔬菜灼熟, 淋上些预先带来的蚝油, 已是有足够的蔬果来调理。在船上时间多, 自己煮更是一种消除寂寞的享受方式。

另外买了一小瓶万字酱油、一瓶草菇老抽、一瓶泰国甜辣椒酱、一瓶越南鱼露, 还有一管韩国劲辣辣椒酱, 像牙膏似的, 挤出来即能吃。将它们带到餐厅并用上, 什么难吃的西餐, 都能变成天下美味。餐酒如果喝到太酸的, 加一瓶苏打水, 什么难喝的酒, 都能变成法国佳酿, 道理一样。

大眠

第四日又是一整天花在公海上，船往瑞典的首都斯德哥尔摩航去。

这一天能做些什么？前一个晚上侍者来收拾房间时放了两份印刷品，第一份是双页的节目介绍，第二份为一长条纸张，注明时间。

名为《指南针》(*Compass*)的刊物中详细列出当天的一切活动，什么时间在哪里可以吃到什么东西等。因为有了时差，它也提醒客人要校快一小时或倒退一小时。每次细读，都能得到各种消息和数据，只可惜用的是英文和西班牙文。船上用的都是这两种语言罢了。

中间的大堂今天有烹调表演，大师傅的烧菜手艺并不高明，很想抢他的饭碗亲自去示范。

查先生对船上的图书馆特别感兴趣，徘徊了很久。我也选了一本厚厚的小说，并非有什么分量的作品，只是大字版，对于老花眼的读者，看起来方便。

其他友人约我去打麻将，我嫌他们打得慢，不再周旋。

夜总会的演员都是些三四流的角色，没什么看头。倒是下午在其中一间房举行 Bingo 赛，10 美元可以买 5 张票，陪大家玩了一阵子。Bingo 这种游戏，一提起来就想到一群老头在埋头画数字，但也有很多年轻人来玩。我没什么横财命，六合彩和马票从来没中过，Bingo 也是一样。

餐厅举行试酒会，我也不去参与。试酒会一向用最不好的酒让人试，怎能比较出味道？当铺的学徒也是看惯了真东西，才能辨出赝品。

房内的电视播新旧电影，有些错过的是时候补看了。重温老片子，又有一番滋味。房内有录像机，可惜船上没有录像带图书馆。

还是睡大觉合算，看了一会儿书我就昏昏入眠。这些年来，首次睡得那么多，有点幸福的感觉，是整个旅程中最高级的享受。

接近完美

第五天抵达瑞典首都斯德哥尔摩。

前一天晚上我睡得足够，清晨 4 点已经爬起来，到船上十一楼的展望台去看瑞典。

能看到无数的小岛。瑞典有 24 000 座岛，挪威的和它一比，小巫见大巫。

那么一艘大邮轮在岛中穿梭，这时才见船长的功力，不止和旅客一起拍照那么简单。有时岛与岛之间的航路窄得刚刚好让一艘船通过，两边的房屋像能用手摸到似的，前面又是一座大岛，船直开过去一定撞沉，但是忽然又出现了一条航道，船往左边一扭，又顺利通过。

"我没有去过千岛湖，"我问友人陈先生，"风景是不是这样的？"

"比千岛湖美得多，比千岛湖美得多！"陈先生赞叹。

我只欣赏目前的一切，知道这次坐船来游北欧绝对没错，乘飞机的话，小岛风情便失去了。

一上岸就直奔百货公司，友人想买当时最新型的爱立信手提电话，但还没出厂。虽然在中国香港也买得到，但就算扣了 25 巴仙[①] 的税，也比瑞典的卖得还要贵。想办水货[②] 的人，可以打消这个主意。

吃了几天西餐，有点想念饭和面，便问百货公司的女职员哪一家最正宗，写下地址。

到达一看，像间快餐厅，还是走了出来。友人林太太真够胆，看见中国航空公司的招牌，不是买飞机票的也去问路，结果给她找到了一家叫"帝王"的，香港人开的店，有虾饺、烧卖、云吞面、干炒牛河，大吃一番，味道接近完美。

"祖"荡荡

斯德哥尔摩的观光分旧城和新城两部分，前者还有点古迹，但是和其他西欧国家的皇宫、教堂一比，就逊色得多。

新城内与众不同的有大会堂，用 800 万块红砖砌成，每个冬天在这里举行诺贝尔奖颁奖典礼，游客可以进去参观，但大多数人都是给外面

[①] 巴仙，东南亚一带的华人用语，意味"百分之"或"%"，由英语的"percent"音译而来。——编者注

[②] 指通过非正常渠道销售的产品。——编者注

的铜像拍张照算了。

最值得看的是瓦萨沉船博物馆（Vasamuseet），在 1628 年瑞典造了一支船队出海，旗舰瓦萨号真倒霉，一出航就沉在海底 300 年。

20 世纪 60 年代，打捞工业发达，把整只船捞了上来，放进这家博物馆。管理工程也巨大，要不停地用海水来淋它，才能保养至今。

船里面的大炮、手枪、饮食用具一共有 12 000 件，为研究历史的人留下了宝贵的资料。

知名的导演英格玛·伯格曼曾经说："斯德哥尔摩最不像一个城市，它是原野、湖泊和建筑物的结晶。"

这话说得一点儿也不错，离开市中心不到几里路，就可以找到茂密的松林。英格玛·伯格曼要拍《第七封印》这部古装片，不用走远，在市内拍好了。

瑞士人做得好的生意除了银行，只有钟表。瑞典人除了航海，还有许多产品，像汽车业中的沃尔沃，家具业的宜家，近年来加了一个移动电话行业的爱立信，但很奇怪的是，在原产地瑞典，反而不太见它的广告。

阿巴乐队（ABBA）也是瑞典乐队。大美人英格丽·褒曼（Ingrid Bergman）也是从瑞典来到好莱坞的。

大家以为瑞典人很开放，真是好笑。瑞典人保守得要命，但在脱光衣服方面是另一回事儿。冬天瑞典不见太阳，到了日出那段短暂的时间，当然要裸着身体来晒。多吸收一寸阳光也好，穿比基尼来干什么？你我在瑞典住下，也同样"袒"荡荡。

芬兰浴

第六天来到芬兰的赫尔辛基。

一提起芬兰，第一个想到的便是芬兰浴，去哪一家最好呢？

见路旁有家叫"长城楼"的中国饭店，我就走进去。柜台后的老板娘石惠娟认得我，叫我等她先生廖伟明带我去。

廖先生来到，他说："我常去的那家，水还是用木头烧的，其他地方已改为电的。"

那家浴场门面很小，开在住宅区内。芬兰的大厦中大多有自己的公众浴场，但大家还是爱去传统浴室泡，十分有瘾。尤其是退休后的芬兰人，冲凉是他们生活中很重要的一部分。

廖先生给我叫了一个浴师，浴师拎起铁桶跟我进去。浴师先把衣服脱光，叫我坐在石椅上，便开始替我洗头。

第一次洗，我暗暗叫苦：唉，又遇到一个温吞吞，随便洗几下算数的。

奇迹出现了，第二次洗，力度加重。第三次、第四次、第五次，抓得愈来愈厉害，冲得愈来愈透彻。洗身体时，也是一样来个五次。

之后我就走进桑拿室，一阵阵松木香味传来。室内分五阶，一阶比一阶热，任君选择。廖先生还嫌不够，叫站在火炉旁边的芬兰人把蒸汽开大一点，他也乖乖地照办。

廖先生说："要是在中国香港，点陌生人做事，不被人家骂死才怪。芬兰人很友善，不在乎。"

这时拿一把树枝往身上捽打。起初以为树枝那么硬，打起来一定很痛，原来感觉是柔柔软软的，非常舒服，叶子也不容易脱落。芬兰人冲了那么多年的澡，不会笨到用硬树枝的。

浴后胃口大开，廖先生请我在他新开的"长江饭店"吃焗龙虾，味道真的和香港的一样好。我放怀大嚼，才回到船上。

圣彼得堡

第七天抵达俄罗斯的圣彼得堡，这是此行的高潮。

俄罗斯是此行唯一需要签证才能进入的国家，而且需团体行动，于港口设立了一个临时海关，官员并不友善。

我们第一站就到凯瑟琳女皇①的冬宫"隐居"（The Hermitage）去，实在宏伟，收藏的艺术品不逊卢浮宫。

中午由友人决定，到一家五星级的酒店去吃俄罗斯菜，我一进去就知道味道不行。桌上铺了一张纸巾，印着可乐的广告，这种地方怎能弄出好东西来？大家都点了罗宋汤和俄式牛肉饭，一点也不正宗。正想抱怨，但又有何助？唯有灌下两杯我所谓的"快乐汤"——伏特加酒，人即刻开朗起来，食物也能入口。

---

① "凯瑟琳女皇"为中国香港译法，即叶卡捷琳娜二世。——编者注

下午再到圣以撒教堂，我认为这是当今保存得最好的教堂之一，它是全球第三大教堂。此处并不设座椅，教徒们或站或跪下朝拜，大堂便显得更宽阔。

墙壁和屋顶的画，像新的一样，因为所有的画都用细嵌工砌成，彩石瓷砖不会褪色一点一滴。

导游带我们去一家商店购物，这座建筑物原本是一个演讲厅，现在被个体户包下来做买卖。鱼子酱、一个藏进另一个面的公仔、细工绘画的盒子、彩色披肩等，都是当地特产。店员是又美丽又年轻又能说英语的女人，弄得顾客搭讪多过买东西。

导游本来还计划多看几间商店，但我嚷着要去菜市场，导游因为没有回佣收，不太愿意，但也听话。

菜市场里面蔬菜和肉类都很丰富，价钱也便宜。我买了一个大西瓜，价值 30 港元，已算被人敲了竹杠。

值得

我们一共在圣彼得堡停留了两天，第八日也上岸观光。

这次路程远一点儿，到了普希金市保罗沙皇的夏宫，很小，藏的东西不多。这座行宫战时被纳粹党炸得稀烂，一切都是后来再装修的，墙壁和屋顶上的画是重新画的，颜色很俗气，没有什么看头。

经过一间木造的餐厅，我一看就知道很有品位，即刻走进去吃午饭。上苍保佑，这次给我们吃到一顿正正宗宗的俄式餐。

外国人做的罗宋汤，以番茄为主，加牛肉块，正宗的是以一种鲜红的萝卜——叫"甜菜"的蔬菜熬出来的，带甜。牛肉被切成一条条，并不带牛筋，滚得也不烂。

另一种肉汤倒是很可口，什么肉都放进去熬一番，尤其有几大块猪油渣更是美味。俄罗斯天寒地冻，没有油来补充热量不行。

主菜是熏猪手，很大的一份，两个人也吃不完，比德国白煮有文化得多，软熟得很。

吃过饭后游凯瑟琳女皇的夏宫，十分气派，宏伟得不得了，是我见过的夏宫中最大、最豪华的，但也曾被德国人抢掠一空、大肆破坏，后来才修复回来，但只整理了几间房，其他的因为没钱就不管了，不让人看就是。

依观光客的路线走，很安全。我们独自跑去菜市场，也没受黑社会包围。这里值得一游，单单看凯瑟琳的隐居和圣以撒教堂，已值回票价。

迂腐

第九天的爱沙尼亚首都塔林之游，是这次行程的额外收获，不乘船来，绝对没想到特地来这里走走。

爱沙尼亚在历史上总是被别国统治：俄罗斯、芬兰、德国等，真是可怜。直到 1991 年 8 月 20 日它才独立。

这个国家的面积只有 18 000 平方千米，人口 150 万，以出口农产品和木材为主。①

和多数北欧城市一样，塔林也分旧城和新城。新城当然没什么看头，都是过去留下来的丑陋建筑和连体电车。旧城很美，时间像停留在中世纪，看来很古老，但大多数的房屋是两三百年前重建的罢了。从前的房屋都是用木头造的，已被大火烧光。

我们的导游是一位很漂亮的少女，她是个领有牌照的药剂师，但大学毕业后这一行赚不到钱，才来当导游，我们是她领导的第二个团。她战战兢兢地发抖，手长脚长，眼睛大大的，像大力水手的女朋友"橄榄油"（Olive，即奥利弗）。

"橄榄油"说爱沙尼亚人生活很苦，每个月平均收入不到 100 美元。但是我在街上遇到的人，看起来都是抬头走的，很自豪，充满希望。

另一位卖明信片的少女更是漂亮，羞答答的像刚入行。众人要求和她拍一张照片，冲印出来，回国后向朋友夸耀是自己的女朋友。她也大方地和大家合照，如果是老油条，不要求你买几张明信片才怪。

值得一提的是，在此地一间最古老的教堂之中，埋葬了情圣卡代诺瓦。这位意大利人逃亡到爱沙尼亚终老，在遗嘱中要求把墓碑平放在

① 以上数据依作者写作本文时的情况而定。——编者注

教堂通道上，任人践踏，以求赎罪。唉，潇洒了一世的人怎么会那么迂腐？人老了，不是件好事。

便宜

第十天。船折回，向丹麦的哥本哈根航去。时间过得真快，这是此次旅程的最后一站。

丹麦是北欧诸国中经济强大的一个国家，由 500 个岛屿组成，哥本哈根在丹麦文中是"商人的码头"的意思，说明丹麦人比别人会做生意。

我们对丹麦印象最深刻的是嘉士伯啤酒，还有嫁给丹麦王子的中国香港女子，倒忘记了小时候读的《安徒生童话》的作者也是丹麦人。到了哥本哈根，大家都会提醒你去和美人鱼的铜像拍照。

美人鱼铜像在照片看来很大，其实小得很，只有真人的四分之一。原本铜像的头被一个坏蛋斩了去，新铸的那个也被歹徒偷走，好在这家伙良心发现，送回了又接了上去。

现任丹麦女王住的市内皇宫并不大，由四座建筑物组成。她的另一座夏宫就比较像样，但绝对比不上凯瑟琳女皇的。

离开夏宫不远，有座科隆博格城堡（Kronborg Castle），以莎士比亚的《哈姆雷特王子复仇记》闻名。观光客都涌去看这座城堡，其实丹麦史上没有一个叫哈姆雷特的皇族，莎士比亚也没到过丹麦。

文人之笔，的确厉害。

前往城堡的途中，经过许多漂亮的住宅，导游说这些屋子最贵了，要 300 万克朗，以当时的兑换率，1 港元和 1 丹麦克朗同值。但在中国香港，10 倍价钱也买不到这种住宅。

仔细观察，你会发现这些屋子只有花园，却没围墙，连一个普通的篱笆都不设，可见丹麦的治安非常好。在别处，即使你有能力买这些住宅，也无法得到这种安全感。

不单屋子有花园，连坟墓也有花园。一块地，还有草丛围住，看得游客羡慕不已。

丹麦东西贵，任何东西都加 25 巴仙的税，物价和中国香港的相等，但退税后就便宜了。

丹麦"荔园"

船一共在丹麦停留两天，第十一天也在哥本哈根度过。

"趣伏里（Tivoli）是一个一定要去的地方。"导游说，"这是欧洲最大的游乐场。"

我童心已失，从前又去过，没什么瘾，但是要顺大家之意，便不作声。

"当然，它不是一个迪士尼乐园，"导游说，"不能和迪士尼比较。"

这么说明并不清楚，如果说"趣伏里是一个放大了的启德荔园"，中国香港人便有印象。

游乐设施和荔园的一样古老，近年来加了一个铁塔，周围数十个座椅，客人坐上去，便升到十多层楼高，再一下子坠落，把客人吓个半死，当然最后是在落地前停下的。

同行的年轻朋友一直要拉我去。我说小时候坐进一间铁皮屋，座位不动，但是整座铁皮屋 360 度转，让客人在视觉上产生错乱，以为自己在天旋地转，已经够吓人的。

一个小贩摊卖棉花糖，我在另一摊上看到了一枝枝像铅笔的东西，原来是甘草枝，买了一枝细嚼，确实比吃糖好。

我的童年在一个叫"大世界"的游乐场中度过，这里的玩意儿都似曾相识。

我路过一个电动枪档，看到木制的柜台上摆三支长枪，枪柄上有条电线连接，一扣扳机，枪头便会射出一道光线来。

目标是几只团团转的铁皮熊，它们身体两侧皆有一个圆形的玻璃眼。电枪射去的那道光线要是打中了玻璃眼，熊便会站起来，显出它肚子上的第三只玻璃眼，这时补上一枪，连续打中的话，这只熊便忙得不得了，站起来又伏下，伏下又站起来。笨得很。

这个玩意儿我已经半个世纪没有看过，虽然又原始又幼稚，但可爱得要命，充满了怀旧感。

丹麦"荔园"，还是值得去的。

告

导游安排我们在丹麦"荔园"——趣伏里中的一家中国餐馆吃饭。

丹麦荔园是给人家去玩儿的，绝对不会注重吃，我一听，已皱眉头。走进那个餐厅，证实我的预感没有错，是自助餐式，每一客 135 港元，倒是不贵。

好歹才能享受一顿中国菜，吃什么自助呢？正想打退堂鼓，姓张的老板娘笑盈盈地走出来，说大厨是花重金由香港请来的，可以专门为我们做一些正宗的中国味道，我只能坐下。

同行的林先生说这种地方，叫愈普通的菜愈好，我们都赞同，点炒饭总差不到哪儿去，还有星洲炒米、咕噜肉等。

上桌时，多了一道油爆龙虾。我们一行 16 个人，加一个导游 17 个人，分两桌坐，每桌只有一小碟龙虾，老板娘说货不够，只给大人吃，小孩吃炒饭。一碟只有一只龙虾，而且不是很大的，我不举筷子，让给别人。

饭后，同行的阮太太争着去埋单①，把信用卡交给老板娘去刷，签名时一看，哇！是 9400 港元。说什么也不会那么贵，男人也许不好意思就算了，阮太太与老板娘理论，我们也认为阮太太是对的。自助餐不过一百多港元，怎么会算出九千多港元来？

老板娘说："呀，你们吃的是龙虾餐呀，丹麦有 25 巴仙的税，已算便宜。"

---

① 粤语，指结账。——编者注

　　大伙继续理论，扣了两三巴仙个折扣点，再刷一张信用卡。阮太太说导游跟来吃，不能算，更减了她那一份。最后以减 800 港元成交，又刷了一张卡。第二天阮太太不放心，追问了信用卡公司，三张卡收了三次钱，即刻取消前两次。

　　友人说他们欺负游客，可向丹麦领事馆或旅游局投诉。他们那么忙，怎么会管你？我则认为价钱打死狗①，没法讲了，但连收三次钱，倒是商业犯罪，可以去告。

结束

　　第十二天，旅程的最后一日，花在公海上。邮轮虽重 7 万吨，但比起大海，与一片落叶无异，浪大时，照样摇得厉害。

　　我睡到上午 11 点才起身。我不晕船，不过要写稿的话，还是会作呕的，所以前一夜什么事都不做，只是睡、睡、睡。

　　吃午饭时看周围，出席者只有 1/3，其他人都病倒了。同行之中有一位爱运动的大汉，向来准时进餐，也不见他的踪影。

　　吃完饭回舱，船继续晃动，我当它是婴儿的摇篮，又昏昏欲睡。

---

① 这是一句俗语，指先让顾客享受服务，后令其支付高额费用的不好行为。——编者注

醒来，我便赶到柜台去付钱。明天一早抵达，柜台一定很拥挤，还是趁现在算清。这十几天来，每日传真两页，每页近 20 美元，加上强迫性跟传出的纸，共三页，还有其他杂志的稿，加起来不是一个小数目，所领稿费，不够付给。

见其他排队的人，看了账单之后面露忧色，皆因服务人员为他们拍了很多照片，每张 10 美元，现在才知道厉害。

轮到我时，职员说查太太已帮我付过，我大声地与他理论，一早说好自己账自己付的，争吵了半天，对方半阴不阳地笑，就是不肯改动，把我气得快要打人了。

无奈之下，只能心中感激人家的好意，折回船舱，再睡一觉。

吃过晚餐，船还是摇个不停，只能再次躺下。这是我近数十年来睡得最多的几天。

邮轮明天一早抵英国，许多人都叹气说眨眼间就完了，真是可惜。其实，懂得旅行的人，必须面对假期的终结，就像懂得生活的人，要面对一生下来就走向死亡一样。所有美好的事，都有一个结尾。问题在于，在这过程之中，已经享受过吗？对得起自己吗？若早已经做好心理准备，还叹什么气呢？

豆浆

十几天的航海日记，终于结束了，再写下去，各位都会看厌。

"是不是每天记的呢？"朋友问，"每天写，记得更清楚呀！"

话虽那么说，但是事实上做不到，有时在陆地上玩了一整天，回到船舱倒头就睡，疲倦得不能动弹，怎么还有心情去记？

过后才写的确是有很多细节遗忘了，看起来粗枝大叶。但是我在写作过程中发现，记不起来的细节多数是不值得保留的，当时要是即刻写下，后来一看，也觉得啰啰唆唆，像老太婆的缠脚布，后悔就来不及了。我习惯上是冷静下来，将印象最深刻的人物或事件重现于脑海。写完隔一夜，第二天再重读，如果内容空泛，就将稿纸揉成一团丢掉。这时候脑海中总出现一个画面，是邱刚健把稿纸扔到地上，扔了一团又一团，仿佛永远完不成一个剧本；但又吃编剧这一行饭，吃了一年又一年。

写完后把稿纸拿去船上的柜台传真，起初我还以为像陆地旅馆一样随时可以传出，原来船上的电播室由早上 7 点开到 12 点，再从下午 4 点开到 8 点，我便算准时间，差一点又要变成"某某人外游，暂停一天，由某某人代笔"了。

传真科技是 20 世纪的一项伟大发明，专益文人。但请别放心太早，有时传到之后会少了一行，或者剩下一半。我还遇到有些糊涂的职员将稿纸翻转，传出一张空白的纸来。所以传出去后还要打一个电话确认一下，秘书会问一些看不清楚的字，也是好事。

"在船上传真那么贵，还要加长途电话费，浪费到极点！你怎么不会多存几篇稿？"有些人骂我。

我只有懒洋洋地回答："把黄豆浸过夜，打磨了，挤出豆浆，我也会做。不过，脑浆，并不是豆浆。"

免谈

"坐邮轮的，全部是老头子吗？"朋友问。

"年轻的也有，有四五对男女还在船上度蜜月，小孩子也不少。"我说。

"年纪大的，是不是都退了休？"

"有些做生意的，不必请假。"我说。

"换句话说，还是老的多？"

"是。"我回答，"他们有资格来享受。"

"年轻人没资格吗？"

"花自己的钱，任何人都有资格。"我说，"父母带来的，不够资格。"

"年轻人也不会想到坐那么闷的船呀。"朋友不屑地说。

"受了那沉船电影的影响，大家都以为可以站在船头，伸出双手当翅膀，坐轮船流行起来，年轻人都来了。"

"到底可不可以站在船头？"友人问。

"不可以。"我说，"船头根本走不过去，在船尾露个面倒有地方。"

"你们乘的，是最大的吗？"

"我们那艘船只有 7 万吨，最新建的有 14 万吨，大一倍，客人也从 1800 人增加到 2600 人。美国最大的航空母舰，也只有 10 万吨。伊丽莎白二世号，才六七万吨；泰坦尼克号，三四万吨罢了。"我说。

"想不想坐那艘最大的再去玩玩儿？"

"要到明年才下海。"我说，"不过大家都说先让别人去。泰坦尼克号是在处女航的时候沉掉的，而且，要准备 2600 人的吃的，不会好到哪儿去。上船下船，排起队来，更花时间。"

"你还没有直接回答我，"朋友追问，"到底还会不会再坐邮轮度假？"

"单独去是绝对不会的。"我说，"完全要看是什么人作伴。坐飞机最长只是十几小时，坐船的话至少几天。不是好朋友，免谈。"

机内直播

在伦敦的机场看到卖鱼子酱的档口，伊朗产的还是那么贵，俄罗斯的就便宜得多。

"那是巴斯德化的。"店员解释。

什么是巴斯德化？说白了就是加防腐剂杀菌，当然比不上伊朗的原汁原味。试想把一条活了 30 年的大鲟鱼捕捉，杀后挖出鱼子，要在短短的 20 分钟内加盐，不然就坏了。分量不能多也不能少，多了过咸，淡了又会腐烂，能够掌握这技术的鱼子酱制作人，如今只有几个还活着，不卖得贵才是骗人。

国泰机上有伊朗鱼子酱供应，有些人爱吃蛋黄蓉、蛋白蓉，夹小面包吃，我则只要洋葱。好的鱼子酱绝对不会咸死人，细嚼之下，一颗颗在嘴中爆炸，香液满溢。

把手表校到北京时间，这次我带了雅典双时表，它发挥了最大的功能。在北欧诸国旅行时，到有些国家要把手表转快一小时，有些要转慢一小时。普通表转起来很不方便，我这个表上下一按，分针照样转，时针一下子跳快或跳慢一小时。小格显出的北京时间则不变。

现在是中国香港清晨 6 点，再过 3 小时便要做香港电台的《晨光第一线》直播节目，在外地运用国际漫游手提电话接通香港电台。在船上，国际漫游用不了，只能用卫星电话；在飞机里，私人的卫星电话应该也打得通呀！

空姐说不知道行不行，要问机长，把我那个卫星电话拿去。过了一会儿，她回来说："科技上，飞机用的也是卫星电话，私人卫星电话照理打得出去，但机长说国际航空总局还没有订下一条规则，让客人在飞机中使用，所以不能打。他还是第一次听到人家那么问的。"

无奈之下，我把机内电话从墙上拔出，用信用卡刷了一下，就和香港电台接上了。声音很清楚，与一般国际漫游无差别。做电台直播节目，做到要用飞机上的电话，数年前还是不能想象的事。

价贱

　　在伦敦休息了一天后返港。飞机在下午 5 点多抵达赤鱲角，算好和公事上有关的人谈个把小时，当天再转机到中国台湾去，拍无线 ① 的旅行节目。

　　到了过境处才想起，糟糕，台湾入境的手续未办。从来没有出过那么大的乌龙，秘书都会处理这些事，我自己也会确定一下，但秘书是新人，我又老了，忘得一干二净，只能明天再出发。

　　"我们今晚安排好去吃黄油蟹的，算你有福气，注定要吃一顿好的才走。"老友徐胜鹤笑嘻嘻地说。

　　从赤鱲角到流浮山反而比从市区去快，瞬间抵达。经过那条熟悉的小路，到了名叫"海湾海鲜"的餐厅。

　　当今只有在流浮山可以吃到不是养殖的鱲鱼。

　　这数十年来的黄脚鱲肉愈来愈淡，不是吃鱲，而是嚼蜡。如果能吃到一尾活钓的，比较一下，就知道真正的鱲鱼味道，真是天下绝品。

　　我们坐了下来，鱲鱼即刻上桌，因为早已预备好。将鱼白蒸后风干，是潮州人的做法。把最珍贵的鱼当成最贱价的拿来做鱼饭，豪华至极，老远地把它从厨房端出来时，已闻到香味。众人蘸普宁豆酱吃鱼，我则直接送进口，恐酱料把鱼味遮盖。哈，在欧洲吃了近二十天的冰冻死鱼，下飞机即有此等美味，人生亦复何求？

---

① 无线是香港电视广播有限公司的简称。——编者注

下一道黄油蟹，我只要了半只。先用茶匙把膏挖出来，当雪糕吃了，再仔细拆肉。蟹肥，肉像要撑爆蟹壳，拿在手上，沉甸甸的，半只已有一只的分量。

但是最高的享受，莫过于那碟蕹菜，是用虾膏来炒的。

夏天菜心、芥蓝都不够甜，只有空心菜当造①，照样那么好吃，一整桌的蕹菜差不多给我一个人吃了 2/3，众人看我的饿鬼相，心中好像在说："你虽有口福，但是吃来吃去，都是吃一些贱价的东西。"

诅咒

我到印度尼西亚的一个小岛上，主要是被一张明信片吸引了。

从房间望出去，私家游泳池无边缘，像和海连在一起，全部是蓝色的。

上岸后有小车载我们到旅馆，我看到椰子树被砍伐了，这倒不要紧，椰子树很粗生，过几年又是一片林。但是，油木、榴梿树和充满气根的菩提，也都倒在地上。低洼中积满死水，蚊子成群。

随处可见拖拉机的油铺小岛上，这里铲平一座山丘，那边挖了一

---

① 当造即应季，引申义为这时候吃正好。——编者注

个人工湖。

为什么破坏？为了建造高尔夫球场呀！

有了球场才有其他的享乐设施，我们为后者而来，也是帮凶之一。

昔时苏格兰高尔夫球场的优雅到何处去了？它们都是依大自然而建的，不影响生态。现在的高尔夫球场，像大地头上的癫疮，贴一块块的膏药。

值得吗？打高尔夫球的人占的比例到底有多少？为什么专做来给这一小部分人用？但是话不是那么说的，有钱赚才有人干这种事，象征这个市场是巨大的。为什么有那么多人打高尔夫球呢？道理很简单，从前的暴发户，先用一只劳力士表表现身家，后以奔驰车炫耀。当今好像不会打高尔夫球，就算不得一个有钱人。

没钱入会籍，不能参加真正的游戏，就先在高尔夫球练习场挥几棍，过过瘾。

亲自站到了明信片拍摄的角度，风景的确优美，但仔细望海，它已浑浊，漂着一个个的塑料袋。我们小时候的沙滨，没有一处不是清澈见底的，才短短数十年，全世界要找个完美的海边，已经不容易。

该处的度假胜地和高尔夫球场，我再也不想看到，诅咒都来不及。

轻纱

飞机晚上 11 点出发，直航南非约翰内斯堡，全程 12 个半小时，经时差，翌日清晨 6 点抵达。

依一向的长途飞行习惯，我上了飞机，看到电视上放的目的地时间，就把表校正，生活在那片时空上，把乘机地的忘得一干二净。

晚餐已在家吃得饱饱的，乘机后换了便服，即刻倒头大睡，什么鱼子酱都不去尝它。

因前一个晚上赶稿，这一觉睡得像昏迷，洗手间都不去，醒来一看表，是当地时间的清晨 4 点，有两小时做热身准备，可以洗漱、刮胡子，眼睛不会浮肿。饿了，来一碗面。

从前的面条用的是干面团，很幼细，样子好看，但食之如嚼草；现在已改善，以粗一点的面代之，但味道照样不行，如嚼粗草。

我很奇怪，飞机饮食部为什么不用日本拉面，反正碗碟都是日式的了。全日空就有拉面供应，采取北海道时计台拉面店的产品。这家人研究又研究，把拉面烹调技术提升到经过"加热"之后，比现做的更好吃。成本当然高了一些，但一碗面的价钱，能贵得了多少？又不是计算机之类的高科技，人家研究得出，我们为什么不能？

好在有桂林辣椒酱，让我把那碗难吃死人的面吃了个精光，连汤汁也一滴不剩，还有酱油嘛。

饱了，看一会儿电影，我看的是下半部，下回飞行再从头开始，什么时候插入或退出，都不是问题，故事已在脑中组织好。

非洲大地，已在我脚下。没什么高楼大厦，却万家灯火，汽车匆忙地奔走，看起来像一个繁荣的都市。

是薄雾，或是地上的蒸气，整个都市被一层像丝绸又像轻纱的东西盖住。云朵的变化令人叹为观止，为什么没有一本摄影书将它的形状一一记录？这也是值得退休人士去做的一件事。

各有各好

飞机在约翰内斯堡着陆，我们即刻转机，到南非第二大城市开普敦（Cape Town）去。

在一般人的印象中，非洲土著人裸着上身，整天抓一把尖矛追野兽，天气总不会太冷吧？岂知一抵达约翰内斯堡，机长就宣布温度只有1摄氏度，乘客"哇"的一声叫了出来。

这都是出发时不做调查的后昺，非洲现在是冬天，再冷点就要下雪了。穿半袖T恤的人正在担心时，飞机抵达开普敦，是上午10点。整个天空呈浅蓝色，一朵云也没有，气温升至17摄氏度，最为清爽舒适。工作人员又叫"太好了，怪不得叫好望角"。

其实开普角（Cape Point）才是好望角，反正和开普敦距离不远。

开普敦是南非最古老的城市，码头充满欧陆风味。象征这个地方的，是一座叫作"桌子山峰"（Table Mountain，即桌山）的峻岭。

此山高不可攀，从任何角度望去，都占了天空和大地之间的一半。

用一把刀将山峰切平也没那么整齐，神把它当餐桌用，也不出奇，亦叫作"神的餐桌"。当地土著人却称之为塞拉利昂[1]，当然没有中国香港的狮子山那么像狮子，不知道为什么这么叫它。我加 12 万分想象力，也没觉得有狮子样。

从机场到市中心只要半小时，我最喜欢离机场不太远的城市，可惜这种地方大多数是落后的。入住"桌湾酒店"（The Table Bay Hotel），它就面对码头，风景如画。这是唯一一间我认为住得过的五星级酒店，以 SPA 出名，提供出浴和按摩服务，给人从头到脚的全套"门面大装修"，连续五天，价值便宜到难以置信。

没时间的话，有个 6 小时的服务，让你试尽最新的洗澡机器和全世界各种按摩方式，做到你脱皮为止，也不过几百港元。不望风景，望浴室的墙壁也行，各有各的好嘛。大家都对开普敦印象很好。

讽刺

第二天，我们爬上开普敦的桌子山峰。

说是爬，当然乘车到山脚，再搭缆车上去。我对缆车这种交通工具

---

[1] 塞拉利昂（Sierra Leone）在葡萄牙语中是"狮子山"的意思。——编者注

又爱又恨，恨的是它破坏大自然，爱的是不用花几小时爬得气喘吁吁，矛盾得很。好在桌子山峰非常宏伟，和它一比，缆车小得像甲虫，风景依然。

车呈球状，一面上升一面旋转，可以 360 度观看。岩石风化后裂成长方形，像一块块的巨石堆积而成的城墙，望出去时快要撞上，令人心惊肉跳。

冬天风一大，缆车就停运，我们运气好才能登上。从远处望，桌子山峰像一张桌子那么平坦，但是爬了上去，地面还是凹凸的。

远观整个大西洋，俯望开普敦，我们站在非洲大陆的最南端，也算在非洲留下了足迹，或是非洲留在了我们心中。

这时山上飘来一阵云，像在这神的餐桌上铺了一张桌布。

传说中，有个叫诺瓦的海盗爬到山上抽烟，神生气了，也向他吹烟，所以桌子山顶经常烟雾朦胧。

太阳猛照下，云被吹散了。在山顶上生活的象鼠^①即刻跑了出来。象鼠是一种很可爱的动物，和猫一样大。它的特征在于能将胸骨收缩，方便遇险时钻洞逃生。桌子山峰上有很多象鼠的死敌——黑鹰，它一天要吃好几只象鼠才够饱。以这里的生存条件，没这种捕猎天赋，黑鹰早就绝种了。

为什么叫象鼠？从山上找到的化石中发现，古时这种老鼠也长象牙，颚骨的构造和象一样，应该属于近亲。

在化石中也找到人类的石器，数万年前已有人爬到这么高的山上来

---

① 象鼠，又称蹄兔，英文名为 Rock hyrax 或 Dassie。——编者注

居住，当时的人专选环境最艰苦，但风景最优美的地方定居。

我们现代人却拼命往石屎森林 ① 中钻，实在是人生中的一大讽刺。

炭烧咖啡

来到南非，刚好是当地的冬天，海水太冷，没人潜水去抓新鲜鲍鱼，但龙虾船倒是每天出海。

南非人吃的龙虾都是冷冻的，市场没有活的卖，只好去一家批发厂，有几十个大池，用干净的海水养龙虾数日才每天成吨地运到东南亚去。这里的龙虾数目惊人，一世也吃不完，价钱便宜得令人发笑。

我们一行，连艺员、她们的保姆和报纸周刊的记者们一共二十多人，买了 30 尾大龙虾，一人一只 2 公斤重的，烧烤去也。

学波利尼西亚土著人的吃法，生了火，把树枝穿过龙虾插在火上烧，就那么简单。

准备时用一根筷子捅入龙虾身，放尿的工夫，当地的欧洲裔人看了啧啧称奇，不知道这个方法，大叫："我们吃了一辈子的龙虾尿。"

如果烤全熟的话，壳一定被烤焦，拍起来不好看，我们在烧到七分

① 石屎也就是粤语中的混凝土，由钢筋混凝土构成的高楼大厦被称为石屎森林。——编者注

熟时，拔下龙虾的头，露出身上的肉，先咬一大口，鲜甜无比。把头中的汁喝了，是最天然的龙虾汤。

借的地方是海边的一家简陋的餐厅，主人说："我尽量保持原始，没有电、没有灯，皮费 ① 可以轻一点，价钱就便宜了。晚上看星星、月亮，吃东西，也是乐趣。"

主人说完，先弄一杯炭烧咖啡给我们喝。"炭烧咖啡我们喝过，Pokka、UCC 都有得出。"女孩子们说。

这时，主人用夹子夹了一块烧红的炭，就那么放进铁壶里面，咖啡即滚了起来，这才是真正的南非炭烧咖啡。

"用炭不怕脏吗？"女孩子问。

"西方人一拉肚子就拿炭来解决，吃了那么多的半生熟龙虾，不知道你们的胃顶不顶得住，喝完这杯炭烧咖啡，包你们没事。"

大家笑嘻嘻的，以为我乱讲一通，都照喝。

比利时啤酒

开普敦是一个大熔炉，英国、法国、意大利、德国、印度、马来西

---

① 粤语，指经营成本、日常支出。——编者注

亚人，都聚在此地。种族之间的歧视存在，但大家都隐藏起来，都在挣一口饭吃嘛。

比利时人在这里开了一家啤酒餐厅，除了食材，其他都是从比利时输入的。

对比利时，我只欣赏那里的啤酒。有些苦行僧做的啤酒，我认为是世上最好的。

苦行僧住在峭壁的顶峰，所有的东西都用一个大吊篮拉上拉下。他们从不下山，互相也不说话，一味做啤酒和祷告。

比利时啤酒比一般的啤酒醇、易入喉，泡沫细幼如丝，与唇接触，感觉极好。它略带甜，但又不是酒鬼讨厌的那种甜法，真是诱人。

还有一个特点，那就是酒精浓度高，一般的啤酒只有 4 巴仙，比利时的常有 5、6、7 巴仙，极易使人喝醉。

这家餐厅的下酒菜有牛肉块和红烧猪腰，猪腰煮得没有异味，大师傅说是下了比利时啤酒之故，其实用红酒去煮，一样好吃。

接着的菜是牛骨髓，每碗三根大骨。做法是先滚水，下葱和红萝卜，水滚了之后便把骨头放进去，煮半小时即能上桌。骨头有甜味，不必下味精，加少许盐。吃时用刀挖出骨髓来，油油滑滑的骨髓，入口即化，是天下美味之一。

豪爽地喝比利时啤酒，不是一瓶瓶叫的。点个 1 公斤，侍者拿了长颈大玻璃杯出来，大家惊叫："怎么喝得完？"

我要了一小瓶布什（Bush）牌比利时啤酒，友人们都说"我也要喝他那种小的"。很好喝，大家一共喝了几瓶，结果大醉。原来他们都不知道这是世界上酒精浓度最高的啤酒，有 24 度，12 巴仙酒精，问你怕否？

好望角

我们终于来到了好望角——非洲的最南端。

亲自踏在这块土地上，当然没有登上喜马拉雅山那么威风，但也有种满足感。

"为什么叫作好望角呢？"李珊珊问我。

古时欧洲的航海者到东方去采取香料，买丝绸和茶叶。回程时看到非洲的尖端那块巨石，就知道能够风调雨顺地回家，充满重见妻儿的希望，故称之。

从好望角望出，是印度洋和大西洋的分界，不过海水中不可能画一条界线出来。

远处有一片白浪，是鲸鱼群在嬉戏，来到南非研究鲸鱼生态的海洋学者不乏其人。

"Free Willy[①]，Free Willy！"同行的艺员叫了出来。

Willy 是条杀人鲸[②]，身体不大，怎能和这种巨鲸比较？有些人认为鲸鱼只有一种罢了，和看到海就以为是一种海一样，哪儿分得清什么大西洋、太平洋和印度洋？

理查德·瓦格纳（Richard Wagner）的著名歌剧《飞翔的荷兰人》（*The Flying Dutchman*）的神话，也是起源于好望角。其实这里的"荷兰

---

① Free Willy 是一部电影的名字，电影的中译名为"人鱼的童话"，讲述人类与虎鲸和谐相处的故事。——编者注

② 杀人鲸即虎鲸。——编者注

人"指的不是人，而是一艘船的名字，而且它并不会飞。

传说这艘船的船长航行到好望角，遇风浪，天使出现了，安慰飞翔荷兰人号的船长，但他并没有即刻亲吻天使的手。天使不高兴了，就让风浪把船打沉，见死不救。这个天使，未免也太小气了。

飞翔荷兰人号从此不得靠岸，永远在好望角边上航行，成为一艘幽灵船。其他船只一经过，听到它传来的呼叫声即刻避之，故不触礁，救了很多人的命。

这传说一直流行到第二次世界大战，德国的潜水艇也因听到呼叫声而逃之夭夭，盟军的战舰才没受到水雷的攻击，信不信由你。

非洲马来村

在南非开普敦散步，在离市中心不远的山坡上，有个住宅区，每一间房屋颜色都不同，像孔雀开屏。

"那是什么地方？"我问。

"马来村。"当地友人回答。

我简直不敢相信自己的耳朵，非洲怎么会有个马来村？友人娓娓道来："从前有个马来西亚苏丹的亲王被放逐，漂流到这里。非洲人很友善地欢迎他一家住下。这里的生活悠闲，和他们家乡的一样，只是冬天冷了一点。故事流传到马来西亚，许多人就相继移民到这里了。"

"但是马来西亚人的房子并不是五颜六色的。"

"到了 20 世纪 70 年代，有很多嬉皮士流浪到南非。"友人解释，"他们选择在马来村住下。嬉皮士都有点艺术细胞，你一间我一间地髹漆起来。南非政府还对马来西亚人很好，他们买房子不必缴税，后来也有很多搞艺术的非洲人集中在这儿。"

我们逗留了一阵子，拍了很多照片。我想，要是能进去一间看一看就好了。

不问白不问，问了机会一半一半。我遇到一位端庄的少妇，提出请求。

"进来，进来。"她毫无疑虑地欢迎。

她住的这间屋子很小，一进去是个厅，没有沙发。少妇的女儿长得很像精灵，正在看电视。少妇的母亲招待我们到厨房，所谓厨房，是在大厅中摆了炉灶，我最喜欢这种一面闲聊一面进食的生活方式了。

她们把家里的食物全部搬了出来，我以为可以吃到一些失传的马来咖喱，但味道接近于印尼菜，已很满足。

"客人来到，没东西给他们吃，就没面子了，"少妇说，"我们去到他们家，也一样。"

不好意思

一下子，我们从环境优美、气候凉爽的都市进入了森林。

从开普敦坐两小时的飞机，去约翰内斯堡，然后再乘4小时的车到克鲁格。

所谓的森林，其实是个国家公园，园中建了一栋栋的房子，由砖搭起，盖于茅草，这就是我们的酒店，一个人住一栋。楼上楼下各一间卧室，大厅连着厨房，餐具齐全，外面有游泳池和烧烤炉。我们抵达时已经是深夜，再没力气到大餐厅去吃野兽宴，便躲在屋内自炊。

把预先买回来的4条玉米用滚水煮，再开牛肉罐头，烧了即食，加大量的洋葱当蔬菜，已是一顿很丰盛的晚餐。

清晨，大家还在休息时，我已起身写完稿。去周边散步，见原野中长着开满红花的树丛，被薄雾盖上，露出红色的头。

走到接待处的大屋，不知有没有传真机呢？在心中嘀咕时，女服务员说："我联网给你传去中国香港。"

问多少钱，她摇摇头说："网上传真，便宜得很，算是一种服务，不收钱。"

世界各大都市，包括中国香港，也不会用网上传真，绝比不上南非先进，而且传真费贵得要命。吃过早餐，看动物去。我们到了一个叫萨比萨比（Sabi Sabi，萨比萨比顶级丛林营地及私人保护区）的野生公园，它是私人拥有的，面积比许多欧洲国家还大。

非洲有五大，那是指最著名的五种野兽——象、狮子、豹、犀牛和野牛。野牛挤在其中，因为它最不定性，也最凶残，随时可能撞死人。

最后加了第六大，那就是我们乘的九座的路虎吉普车，横冲直撞地在原野奔驰，到处找野兽看。

这么豪华的待遇，与想象中的土著人头上扛行李，步行狩猎的印象完全不同，觉得有点不好意思。

野兽本性

原来看野兽只能在早上看。为什么？它们晚上狩猎或防御别的动物袭击，不睡觉。到了下午，它们都躲了起来，看不到。

我们运气不错，一下子就看到了非洲巨象，是头雄的。狩猎者说它只有12岁，因为一群象只能容纳一头雄的，它被它的父亲赶了出来，自己游荡，到了25岁的适婚年龄才能找到一群雌象，把老的赶走，自己拥有家庭，是只又孤独又可怜的未成年者。

车子到了河边，见一头数吨重的大河马潜在水中，许久都不见上岸。原来河马的皮虽然很厚，但晒不了太阳，一晒就被日灼到皮肤表层剥脱，全身流下的不是汗，而是鲜红的血。

河马比狮子、大象的杀人率更高，它们脾气坏，看不顺眼的就冲出来撞，试试给这家伙碰一碰，绝对死人。

长颈鹿在河边喝水，四脚撑开，俯下头去喝。喝完之后一定先大力摇头才举首。它颈长，低头下去的时候血都流到头上，不摇首的话，会脑充血死掉，不说还真的不知道。

萨比萨比这个野生公园不是政府的。到底是一家上市公司的还是私人拥有的？答案是后者。为什么一个人可以买那么大的一块地？钱从哪里赚来的？狩猎者解释是祖传下来的，我们大失所望。

所有野兽只能看，不可猎杀，传说中给多少钱就能杀什么，已成过去。

法律规定，如果不是繁殖过多，杀之有罪。

在这里工作的人连羚羊也不杀，一起生活久了产生感情。那为什么餐厅中还有烤羚羊肉吃呢？哦，那是人工养殖的，是买回来煮的。

最后看到两只大雄狮在嬉戏，我们的吉普车驾得很近去看，又没有铁笼，不怕吗？狩猎者解释："这两只已看惯吉普车，知道不是好吃的东西，我才敢驾到那么近让你们看的。"

非洲蓝火车

很多人不知道在非洲有这么豪华奢侈的火车，整辆都漆成蓝色，叫蓝火车。有一阵子为了载英国皇族，整辆漆成松白色，也叫白火车。但随着殖民时代的结束，它还是被叫回蓝火车。

车轨很宽，火车行走起来很安定，餐厅卡厢的玻璃水杯并不会碰在一起叮叮当当地响。从新加坡到泰国的亚洲东方快车就因车轨太狭，摇得厉害，没那么舒服。

总统套房不大，但是设有浴缸，不必站着冲凉，对患有心脏病的人来说这是个喜讯。这一点，和欧洲东方快车一样高级。

有两个大酒吧，一个被当成吸烟室。酒要喝多少有多少，是酒鬼的天堂。

最后一节是展望台，隔着玻璃窗看，像个古画的镜框，让客人观赏野兽，也不怕它们来咬。

从约翰内斯堡到开普敦，一共是两天一夜，收 5000 港元左右，贵吗？设想两天吃六餐，还有酒店服务，24 小时的小食供应，加上旅费，还是合理的。

在公元 2000 年的除夕，这辆车将载客人到一个观星的原野停下。人们会开派对，在天空大放烟花。非洲的各大歌星聚在一起表演，是一件盛事。

在还没有飞机的年代，邮轮和火车不但是交通工具，而且是社交场所。愈高级愈多人想乘，其中当然夹着想把女儿嫁给有钱人的母亲。

餐厅的食物有鱼有肉，用的是当地最新鲜的材料，鹿肉和羚羊肉非常美味，非洲独有的葡萄"皮诺塔吉"（Pinotage）酿出来的红酒，更是香醇。

沿途风景是最重要的。乘欧洲东方快车，可见河流、古堡，像童话的世界；在亚洲东方快车上，看来看去只是椰子树和向你招手的马来西亚小孩；在非洲蓝火车上则可见是一望无际的大草原和各种不同的野兽。来乘的人，不只是富有的老年人，年轻人也不少。这是个令人愉快的体验，人生中绝对值得一游。

西部片

骑马去看野兽，又有另一番乐趣。

一起去的少女们，有些尝过摔下马的苦头死都不敢骑，有些说什么也要试一试。

其实骑马这回事儿经专家指点过，很快就能学会。一定要让马儿知道你是主人，就那么简单罢了。

怎么把这番话告诉马儿呢？很容易，骑上去之后用双脚紧紧地夹马腰，缰绳不能拉得太用力，也不可以放松。千万别让它们低下头去吃草，一有恻隐之心，马儿即刻给你颜色看。

它们怎么欺负你？一下子跑得很快，让你的屁股不断地和鞍冲击。

这时候你一定要紧紧收缰，别自认威风地用一只手，这会出乱子。收不紧的话，马儿跑得更快，收缰记得用双手才够力。

停了下来，它们又不走了。怎么办？用手去拍它们的屁股好了。千穿万穿，马屁不穿，这一招甚管用。拍得不够用力，一点用处也没有。这时候最好是折一枯枝，轻轻拍在股上刺激它们一下，马最怕荆棘，会乖乖听话。

再用手拍它们的颈项，说："好马，好马！"这是拍马屁的另一种方式。

缰绳一放松，马儿会觉得："我跑得要死，你还在睡觉？"然后它们便往低垂的树枝上撞去。它们自己没事，骑在马上的你，便会被枯枝刮伤。

见枯枝即刻把缰绳拉左或拉右来避之，拉时要用劲，否则马儿理解不了命令。

马儿忽然奔跑也不用怕，双腿夹紧，跟着一上一下的节奏弹起又坐下。压下来时出力，马儿好像能感到你在骑它，就过瘾起来。当然，这只发生在母马的身上。

教大家那么多，其实我自己也没骑过，经验完全靠看了很多西部片得来，所以大家权当闲话看。

比尔通

在南非，最常见的食物是一种叫"比尔通"（Biltong）的东西。所谓比尔通，即肉干。非洲土著人跟踪野兽，一走就走个几天。这段时间用来维持生存的，只有这种肉干。样子一长条一长条的，像枯瘪了的香蕉，呈黑色。

任何肉都能做成比尔通，普遍的是牛肉、羊肉、鸵鸟肉，但最美味的是角羊的肉，也最软。其他肉硬得很，咬个半天也咬不烂，也许这也是一种骗局，让土著人不觉得自己会饿死，在狩猎和向水源移民时，这招很管用。

到处都有比尔通专卖店，店家将肉干挂在摊外，招揽客人。现在这种食物已不只是土著人爱吃，所有南非居民都喜好吃。中国香港人总是嫌脏不肯吃。

肉风干了，不摆进冰箱也不包装，就那么挂着风吹日晒，肠胃不是很好的人，不敢碰它，也有点道理。

到了这里，第一件事就是买一点来试试。先在超级市场或加油站小店中买，那是大集团做的，包装得好，一片片的肉看起来很卫生。初试后觉得味道不错，没有想象中那么硬，比嚼香口胶①更有文化。

吃出兴趣，到专门店去买，各种肉干都试遍，比大集团生产的好得多。专门店也卖一个木架子，架中有一把像切中国药材的巨刃。长条的硬肉，不用这种刀子很难切开。

再追寻此味，看到著名的牛扒店 Butcher 也挂一条条的肉干，即请大师傅切片。这老人家刀法好，片得很薄很薄，令我想起中国香港"荣丰"的金华火腿片。

和金华火腿一比，比尔通的味道当然差个十万八千里。

但是如果叫我选择中国台湾牛肉干还是非洲比尔通，我宁愿是后者，没吃过很难形容其味，各位有兴趣，到南非去时请试试，也许会像我一样上瘾。

① 即口香糖。——编者注

力量

我跑了几十个国家，每到一处，同事和友人都要吃中餐，所以到遍各国的唐人街。

发现的共同点，是中国香港的影响力。

香港的一举一动，似乎都成为世界各地华人社会的潮流。[①]

内地自不必说，无论去到什么乡下，都有所谓的港式餐厅。珠江三角洲的人每天看无线和亚视[②]。内地少女们的时装，都在模仿香港的；上海虽说是大都市，但时尚地位遥遥不及香港。有什么人会去学上海美容院的发型？

在天下每一个角落的唐人餐厅中，讲广东话，侍者们都听得懂。

他们是哪里来的？他们来自中国的温州、福建、云南，甚至泰国、马来西亚、越南，但大家都会说几句粤语。为什么？答案在香港的电影、电视录像带中。

海外华人最大的消遣莫过于租几盘录像带，全家欣赏，或者在餐厅打烊之后播映。连厨房的大师傅也跑出来，一面抽烟，一面大骂剧情的婆婆妈妈。但无形之中，广东话已经深深地印入他们的脑海。

数十年前的邵氏电影始创中英文字幕，让多少海外华人认识了汉字！父母亲都鼓励儿女观看学习。沿着这个传统，电视节目也带来粤语

[①] 本文创作于 20 世纪 90 年代，所提观点具有时代性。——编者注

[②] 亚视是香港亚洲电视台的简称。——编者注

的普及，跟着的是时装、发饰上的流行。

我遇到的华人（加拿大温哥华的除外，温哥华的华人永远说他们的东西比香港的还好吃），谈起香港，说任何一家云吞档都有水平，所烤叉烧，更是天下第一美味。他们试过之后，感动得眼泪快要流下来。

我和一群刚火起来的小明星和电视艺员一起旅行，闲时她们常抱怨什么时候才能大红大紫，攻进好莱坞。我安慰道："泰国、马来西亚的歌星和演员都说什么时候才能攻进中国香港的电影市场，在香港，能争取到一席，已经很不容易，再下去成功与否并不重要。这一生一世，风光过了嘛。"

彼岸

重游日本，友人带我去东京银座的一家天妇罗料理店。

店破烂，在一间武术馆隔壁。一边吃，地面一边微震，是选手们被摔在榻榻米上时传来的。

七八人，已将整间店坐满。营业时间是晚上 6 点至 10 点，每晚只做两轮客人的生意。

老师傅慈祥和蔼，他自己已不动手，将店交给他的大儿子打理。

正在怀疑这个下一代的手艺行不行的时候，他炸了一只虾摆在我面前。我一看，面粉炸得透明，如纸包着，可见虾肉鲜红的花纹。

细嚼，一阵香味和一口甜汁入喉。虽说生吃的刺身最鲜，但怎么也比不上这艺术加工。

只要吃得下，师傅便不断地炸给你。渐渐地，吃的速度变慢，奇怪的是打起嗝来一点油味也没有。

炸完的虾摆在白纸上，更不可思议的是纸吸不到油。

分量与价钱无关，这家店收的是人头费。客人也是去欣赏，订得到位已是有面子。

吃罢走出，老人深深地鞠躬道谢，走至远处，还看到他目送，有如一个僧人，已达烹调艺术的彼岸。

大渔河豚

"大渔"在向岛，离开浅草还要乘十几分钟的士才能到达。地方非常难找，但是物有所值。

一进门就能看到到处挂着河豚形灯笼，肥胖的大师傅笑脸相迎。他的样子似曾相识。这家伙非常风趣，要是你是第一次光临，那他会在你面前劏^①河豚示范，他咧开嘴说："今晚，来场真人表演！"

---

① 劏，方言，意为宰杀、解剖。——编者注

　　说完他伸手入水箱，找出一尾肥大的"虎豚"来。然后他用指头拼命去挤那河豚的肚子，它马上胀大成一个圆球，身上的刺都露了出来。

　　"河豚也怕痒，这一尾一定是母的！"大师傅笑着说。

　　三两下子，他便把鱼切开。

　　"河豚每一部分都能吃。"他说，"除了肝脏有毒。但是，其实它的肝是最好吃的。"

　　接着他把那整张鱼皮扔给他的助手，助手们用刮刀将那只有一二厘米厚的皮剖成两层，外层带刺，内层最为爽口，有些老饕喜欢吃皮多过吃肉。

　　"单单切鱼皮这一门手艺就要学3年。"大师傅悠然地说，"剖开这层皮不能用手的力气，而要动腰，扭呀扭呀，像跳舞！"

　　切完了皮，他开始准备当晚的河豚全餐，一共有十品：

1. 白灼葱丝冷盘　　　　2. 皮

3. 肉刺身　　　　　　　4. 鱼精子刺身

5. 鱼脑　　　　　　　　6. 鱼肝

7. 烤鱼春　　　　　　　8. 烤鱼排骨

9. 炸鱼　　　　　　　　10. 河豚生窝及粥

　　喝的酒是将河豚鱼翅烤个半焦，在烫热的清酒中泡，发出浓郁的香味。要是客人不喜欢鱼翅，则以热清酒白灼鱼精子，整杯酒呈乳白色，可以一口灌下。酒瓶也被塑成河豚的形状。

　　烤鱼排骨很新奇，大师傅把骨头斩成一方块一方块的，鱼本已死亡，但是连在骨上的肉还一直在抽筋似的蠕动，一大盘摆在客人面前，看得我们心惊肉跳。

"白子"不是鱼卵，而是鱼的精子，虽说生吃没什么滋味，烤熟了却不同，又柔又腻，香喷喷的，非常鲜美。

连在骨头旁边的肉是最甜的，鱼排骨烤过后肉较硬，用手将肉撕出下酒，再也不肯吃鱿鱼一类的便宜货了。

一条鱼只有一米粒大小的鱼脑，大师傅也细心地挖出来服侍客人。

几道菜下来肚皮已发胀，以为饱得再也吃不下去的时候，大师傅已经把河豚火锅准备好，他先用小酒杯盛了清汤，撒上一点葱花，这一口喝下去香甜入肺，又勾引起你的食欲，令人不得不再举筷。

吃完火锅的鱼肉、豆腐、白菜等之后，大师傅将鱼骨头等剩余的东西捞起，放入白饭，再打两个鸡蛋，煮成河豚粥，怎么饱还是有胃口吃一大碗，饭粒差点由双耳流出。女性顾客多数吃不完，把鱼打包。大师傅笑嘻嘻地说："河豚是世界上唯一一种冷了之后吃，也感觉不到有任何腥味的鱼。"

"你的脸我很眼熟，到底在哪里见过？"客人临走时问大师傅。

他又笑嘻嘻地吹了一大口气，鼓着双颊。

原来，他长得和河豚一模一样。

风筝博物馆

在日本桥的三越百货公司老店后面，有间风筝博物馆，由几个爱好风筝的人建立。

里面并不大，却陈列了各种形态极复杂的风筝，还有东南亚一带的也收集齐全。

我最喜欢的是以手染花布做的风筝，古朴简单，令人爱不释手。

馆址中还有一间很独特的餐厅叫"太明轩"。客人不必点菜，侍者送上来的只有一种：黑色的漆盘上，放了10多个颜色缤纷的小碟子，盛着日西结合的食物如牛排、蔬菜、豆类、海鲜等。各种东西只有一口的分量，最后奉上一碗小小的汤面。

据说创此食谱的店主在外国长居过，西洋的单单那么几道菜不敢恭维，又不喜光吃日本的东西，所以叫家里厨子配成这个组合。客人吃得叫好，店主来不及招待，所以干脆开间餐厅。

来这里吃的人斯斯文文，学生也不少，多数是学艺术的。主人一有空便坐下来和众人大谈风筝。

酒醉饭饱，走出去时看见陈列室外有个小摊子在卖空白的风筝，让客人自填上字。兴致一起，我提起毛笔，写上：

虽然不知身落何处，但断线那一刹那，自由奔放，不枉此生。

无限

在赤阪见附地铁站的后街，有个小楼梯口，顶上的铜招牌上铸着"MUGEN"。它没有汉字译名，照读音可译为"梦幻"，亦可作"无限"，我喜欢后者。

几十年前，"无限"是一个最流行的社交场所。它是日本的第一家迪斯科，已拥有闪光效果、喷烟技术以及跟着音乐节拍而变幻形象的幻灯射影。和目前的迪斯科唯一不同的是，它不放唱片，请英美来的乐队现场演唱，其中非洲裔人居多，他们一首接一首地唱热门歌曲，毫不疲倦地唱下去。"无限"的收费相当高，当时已要付 10 美元，但还是每晚挤满了客人。周末更加厉害，要等半小时以上才能入场。

这家迪斯科分两层，进去后要经过一条窄长的楼梯走下去，墙壁上以荧光漆仿着大师奥伯利·比亚兹莱（Aubrey Beardsley）的作品，画上舞跃着的莎乐美，在紫色灯光下发亮。强烈的音乐节奏传来，一到楼下，只见一片漆黑上下跳动，那是在舞池中的客人的头发。整个气氛就是让人想跳舞。觉得太吵或者以为会患上心脏病的人自然要离开，剩下的拉他们也不走。

荧光照着，对方的脸孔是黑的，眼白和牙齿在发亮。起先感到恐怖，后来看到男人的黑西装上沾着的头皮斑斑，女人上衣在放光时，便觉得有趣地笑了。

我一有钱和有时间就往"无限"泡，百去不厌，因为在那里，每次都能遇到些不同的人物。大家一熟，出来后就找新奇的事来做，叫"Happening"。比起现在的迪斯科客人，当时的好像单纯得多，大家只想有个筋疲力尽的晚上。

我离开日本很久了，后来也常去日本，每次都想去"无限"怀旧一番，但总抽不出空。听说它还没有关门①，这次重游，再次走进那个窄长的楼梯，人头的波浪不存在了。

音乐节拍，已经变得非常疲倦。

是"无限"老了，还是我老了？

行空

我常鼓励年轻人写作。

他们摇摇头，说："你能写东西，因为你去的地方多，见识广。我们只到过中国澳门，怎么写得出？"

这完全是不合逻辑的论调。

多看书，勤动笔，写写就上手了。把自己的幻想用文字记载下来，就写得出。再不然，所谓"天下文章一大抄"，抄总会吧？抄写积累过后，创作便随着来了。

去的地方多并不代表什么。观察力这种东西也就是给见到的加上思考，也不是什么大不了的事。

不去什么地方照样可以天马行空，吴承恩是去过火焰山了，还是到达天竺了？

有则新闻说，日本的一个作家一共出版了三本世界旅游书，都在每月的流行书榜上位居第一名。八卦杂志要找他做采访，一直找不到他，连出版社也不知他的下落，后来查到税务局，才得到他的地址，原来这个人是一个连东京都没有去过的九州岛土著。

太过分了

日本人表情生硬，所以他们什么都以言语表现，最常听到的是他们一吃东西必大喊："Oishi! Oishi! "

这当然是说好吃，我们只要点点头就算了，但他们非得叫出来不可。

对某些烦心事，我们摇摇头，他们一定要说："Amari Desu。"

这句话唯有生硬地译成"太过分了"。其实，我认为译为"岂有此理"更贴切，但是翻译日文配音电视剧时，人们总喜欢用"太过分了"这句话。

日本人回自己家，打开门后，必说："Tada Ima"。在电视剧里这句话被译成"我回来了"。

回来就回来，还喊些什么？真是无法理解。

日本人常有把自己的名字当成"我"来用的习惯，尤其是女人。举例说，田中裕子会说"裕子不喜欢"或者"裕子现在去洗澡了"。

好像是在讲另一个女人。

年轻女孩这么叫自己，听起来还顺耳，年纪大一些的也这么叫的话，那就要学日本人的口头禅，说声"太过分了"。

问题老年

我们叫叛逆而闯祸的年轻人为"问题青年"，令日本社会头疼的是"问题老年"。

日本男人平均活到 78 岁，女人 86 岁；年轻人又不喜欢生孩子，现在的日本人口，老人的比率越来越高，整个社会老龄化。

我看过一则日本卖车子的电视广告，保守得不得了，我问日本友人说喜欢汽车的都是年轻人，怎么不以他们为对象拍广告，朋友回答："是呀，用车的是年轻人，但是出钱买车的是老人。"

这说明掌握日本经济的，还是老爸或爷爷，所以社会将只求安定，绝不进步。

这么多老人到底要如何安置？

想呀、想呀，有了，反正日元的汇率高，日本人视美元如粪土，看外国的什么东西都便宜，不如就把他们送到其他地方去。

所以，你可以看到各个媒体都在打广告，说只要出多少日元，便可以在西班牙或什么岛买到一块地和一间房子，从此无忧无虑地过活。

日本人，企图将老人输出，真是太过分了！

电动麻将

中国人的好风俗是新年一家老少围在一起玩到天亮，来一两句玩笑话也无妨。

这次在日本过新年，日本人已没有这个习惯，学洋人去了，连住在那里的中国人也不会在这几天庆祝一番，只是平淡地度过。

我们当然不肯入乡随俗，大年夜，跑去麻将馆打他三万六千个回合。

我们用的是电动麻将桌，这东西一共有两副牌，桌中开了一个洞，将打过的牌推进去，新洗好的一副便会自动地叠好，浮上来。

电动洗牌没什么了不起的，问题是如何将每只排成背面列出。原理很简单，它有个传感器，凡碰到光滑的背面便将它弹起，直到刻花的一面都向下为止。

由晚上 11 点打起，麻将馆管理员半夜先收工，他们按小时计，算到天亮，埋单 25 000 日元，合 1230 港元。正在嫌贵，又骂他们的牌太小，打得眼花。

　　咦！机器不动了。原来是我们忘记把碰在一边的三只牌推进洞里。只好换一张桌子打。咦！又不动，这次是把筹码也扔进去了。又换桌，又不动。

　　一连打坏了他们4张电动麻将桌，25 000日元，很便宜。

当票

　　我收拾行李，找到旧日记簿。我这个人的毛病就是什么东西都舍不得丢，留着留着，家中杂物堆积如山。

　　日记簿中夹着张当票，使我的思绪飘游到半工半读时代，住的小公寓附近有条旅馆街，廉价酒店林立。转角处，有两排笔直的松柏。幽静小巷，只能听到蝉声。这地方安静，可以修庙，但是眼前所见，是间写着一个大"质"字的当店。

　　当年东京已经是全世界最"贵"的都市之一，南洋来的友人嚷着要我请酒。请就请吧，结果喝下来总得花一个月的薪水。

　　剩余的日子怎么过？身边最值钱的是架徕卡相机，配上个9英寸 [①] 的泰莉亚镜头，是完美的组合。唉，只有打它的主意。

---

① 1英寸约为0.03米。——编者注

当店那位慈祥的老太婆并不识货，把算盘打了又打，给了我些钱。下个月发薪水时我即刻去赎回，但另一批朋友又杀到。年轻时哪儿有明天这个字眼，复大醉，又典当，一次又一次，到了最后，因工作去韩国赶不及回来，过了期，相机就没有了。

从来没后悔过，用剩下的这张当票，换回几个温柔的晚上。

旅行的雨

来到马来西亚吉隆坡，天下着雨。

信风影响下，这个城市一年之中总有几个月雨下个不停。记得在这里监制电影时，每天下午 3 点整，一定下雨，比时钟还要准。

雨天让游客感到扫兴，但是如果我们把想法改一改，也许雨天会变成乐趣。

有情人根本不管阳光、阴天、刮风和落雪，任何天气皆宜，这不是一个极好的证据？

但孤单的旅行者如何欣赏雨景呢？

在吉隆坡的炎热天气之下，即使被雨淋得全身湿透，避一避雨，也一下就干了。问题出在那对鞋子上，所以到了南洋，穿拖鞋是上选，木屐更为风流。

"年轻力壮的，淋雨就淋雨，老了的岂不伤风感冒，患肺炎致命？"

（编者注：本图描绘了吉隆
坡茨厂街的风光。图中牌匾
上的繁体字为"茨厂街"。）

理智的人问。

老者最多不出门，有什么他们没见过的？等天晴才上街，年纪大的好处是有耐心。反正有的是时间，原来刹那间雨便停了，再和老伴溜达。

对小孩子，更要适当鼓励他们不打伞，淋雨已变成住在都市的人群接触大自然的机会，而且小时候踏水的感觉，毕生难忘。

闷在房间里，心中烦躁，看书是最好的享受。什么？人到外国，还看什么书？问这种问题的人，不懂旅行。地方去得多，就知道不一定要抓住一分一秒。旅行是休息，旅行是与友人消遣的最好时间，特别是在雨天。

在印度加尔各答的街头，雨水会冲掉所有不想见的东西。马路是那么光鲜，建筑物的格调原来是那么高的。

想法还不能改变的话，可以用比较来促成。古人教你，如果家中不凉，可晒日后再进屋。现代人认为这是自我欺骗，但这是避免不了的自然反应，骗骗自己，是哲学。

我在加拿大温哥华、澳大利亚墨尔本的漫长雨季中住过，一场小雨，算得了什么？

萤火虫之旅

到达吉隆坡，视察下一个旅行团的地点和饮食。第一站就去看萤火虫。

　　由市中心乘旅游小巴前往，约需两小时车程，先到一家靠河的餐厅吃晚餐。

　　鱼虾蟹应有尽有，用的是大排档的炒法，镬气十足。有些带有南洋的刺激风味，有些不辣，但每道菜都新鲜美味。虽然我已经饱得不能再饱，但最后上的福建炒米粉，照样吃得精光。

　　走进餐厅之前，看到客人从冰箱中各自拿雪条来吃，场面混乱，这要怎么付钱？后来才知道是免费赠送的。雪条是四方形的长条，用纸张包起，非常原始，红豆味的红豆十足，榴梿味的榴梿十足，不像大机构制品那么吝啬。

　　太阳西下，河流被晚霞染得通红，一艘艘捕鱼的舢板划过，每一幅画面都像沙龙作品，初学摄影的友人看了一定拍个不停。

　　天入黑，我到一个小码头上，众人已排队等待小船来载。每艘可坐十几名，大家穿上救生衣后登上。小船是电动的，静悄悄地出发，客人也受气氛感染，轻声说话，不敢吵闹。

　　远处的一棵树，叶上有百多只萤火虫，不停地闪亮。据说公的每两秒闪一次，母的三秒，较为被动，原来是互相闪来求偶的。

　　另一棵树上，有几千只萤火虫。再过去，一整片的树丛上，萤火虫已像天上的星星，数之不清。

　　观赏萤火虫，只能到晚上 11 点多，过后它们交配不成，就收工睡觉，再也不闪了。

　　船绕个一圈，有半小时的惊叹和喜悦。船夫明白客人只能远观不满足的心理，最后让船直冲到树丛中，让萤火虫飞入，众人大喜狂呼，看看是否能够捕捉一只回家。

　　有只飞入我的掌中，但我不忍将它从大自然中带走。上了岸，我按

T恤口袋，友人看到一闪一闪的，叫我拿出来看看，我笑着展示出来，原来是移动电话上的灯。

听了流口水的小吃

在吉隆坡找起来，会发现很多香港吃不到的佳肴。像面包鸡，吃过没有？

这道菜的做法是把鸡肉用咖喱酱炒至半熟，用锡纸包扎，再在外面加一层面团去烤。烤出来之后，只见一个大包。打开，拆掉锡纸，流出香喷喷的酱汁，很新奇。

这道菜在旧巴生路上一家餐厅吃得到，店里还有以"石头食谱"打出名堂的菜式。所谓石头，其实是用盐包裹材料，放进炉中烤熟，吃时用棒槌敲开，砰砰有声。有石头螃蟹、石头猪手、石头鱼头、石头黄酒鸡和石头白米饭可供选择。

说到原始吃法，有种五谷饭，用糙米、燕麦、小米、黑麦、小麦炊成，能助消化，营养价值又比白米饭高很多。

叻沙已经成为国际食品。在很多五星级旅馆的咖啡室，打开餐牌，在亚洲特色的项目中都还找得到叻沙。但是一吃，发现那只是椰浆煮米粉，哪里是什么叻沙？

真正的叻沙应该出自槟城。先用阿参片（罗望子片）、香茅和一种叫甘榜的鱼来熬出橙红色的汤，用这汤浸白色的叻沙粉（一种像濑粉的粉条），铺在粉上的是鱼肉、干红丝、凤梨块、黄辣椒丝、薄荷叶、辣椒碎和黑漆漆的虾头膏。别小看这虾头膏，少了它，整碗叻沙便逊色了。一碗完美的叻沙，甜酸苦辣俱全，像人生。

最后要谈的是"擂茶"。这是广东惠州和海陆丰[①]等地的一种传统食物。

在刻有花纹的臼中，放入茶叶，再用一根石榴棒将其擂成粉末，接着擂炒香的花生，擂至成浆状，放胡椒粉、薄荷叶和芫荽再擂之，最后加盐和水冲泡，就是擂茶了。也可把它当成小食，擂茶叶、虾米之后加豆角、芥蓝、芹菜等，加足7种蔬菜就是。我认为泰国人吃的宋丹（青木瓜沙拉），就受过擂茶的影响。

文冬

在马来西亚彭亨州有个小镇，叫文冬。

我中学时的好友唐金华，就是由文冬来新加坡念书的。

文冬的水质很好，所以做出来的豆腐一流。当地美食还有"苏丹鱼"及"八丁鱼"，在吉隆坡等大都市吃到的都是人工所养的，略带泥味；但是在文冬吃的，其肉之细腻鲜甜，并非笔墨能加以形容的。

[①] 海陆丰一般指汕尾市。——编者注

　　还有一座山，连许多马来西亚人都没太听过。海拔 4000 米的山顶上，有几个深水湖，清澈见底，但非常冰冷。别说游泳，到了下午 4 点，已经冷得连手指都不敢放进去。这座山，当地人叫"白叶山"。

　　每年，当雨季来到，文冬的河水便泛滥了，这时家家户户都被水淹，文冬成为一个水中镇，所以屋子都是两层楼以上的。

　　每家人屋子的外壁上都挂一艘小艇，天旱时看起来真是不可思议，但是闹了水灾，这便是唯一的交通工具了。

　　洪水是文冬人生活的一部分，每隔一两年就会来临，居民已习惯，不当成一件大事，小孩子更当它是大型游乐场。

　　晚上我睡觉不盖被，就时常梦见文冬整个镇沉在水中，我赤足狂奔，从这家屋顶跳过那家，后来有一部日本卡通片中也出现了这种情景，似曾相识。

　　挂在墙外的那些小艇都浮了起来，人们在船上烧菜做饭，开起水中大排档来。

　　警察开摩托船来抓，小贩扒艇四散，笑嘻嘻的。被抓到了，就交一点钱，即刻放人。太阳出来，水干了，山城并不见泥泞，好像冲了一次大凉，干干净净。

　　这一切，都是由唐金华那里听来的。中学时代的青年，都喜欢谈天谈到天明，我从来没有到过文冬，终有一天，一定要去玩玩儿。

　　关于马来西亚的山城小镇文冬，我再请国栋兄做了一些资料搜集，原来交通不便的文冬开了新路之后，从吉隆坡去，只要一小时。

　　和其他小镇一样，文冬由三条街组成，如果你和镇中的任何一位少女晚上到街上散步，那么全镇的人都知道你在谈恋爱，也许快要结婚了。

　　文冬的人口多由广西移民来的后裔组成。想起来，我的文冬同学唐金华，也是广西人，他们生性勤劳，女性更甚。

文冬民风朴素，从前人们取树胶为生，现在多了油棕树事业。

几十年前，这个山城小镇曾经发生一件轰动的大新闻，那就是电影明星丁皓要到这儿来随片登台。

当地人最大的娱乐是看电影，但从来没见过一个真正的明星，这下可好，黄牛党即刻炒黑市票。

爆满是必定的，奇怪的是最前两排被人包下，几乎全空的座位中间只有一个人。丁皓登台的几晚，每晚两场，都发生同样的事。

看在心里的丁皓深表感动，原来这个人是戏院的少东，除了每晚捧场还日夜相陪，大送礼物，包括一只大老虎的标本，后来这少东果然打动了她的芳心，二人结为夫妇。

文冬人大喜，这是令他们感到光荣的事。

不久，传来了惊人的消息，国泰玉女明星丁皓因婚姻触礁而自杀，文冬人纷纷惊叹，这个结局实在令人惋惜。

油棕树

在马来西亚公路的两旁，看到最多的，从前是椰子树，现在是油棕树代之。

油棕和椰子应该属于同科，都是先从地上长出头来，再慢慢见到树干。

最年轻的油棕林，看到的是一个个的树头，甚滑稽。种植时要有细密的计算，好在其成长后方便采集。杂乱无章的话，运起来人工费就贵了。

每丛油棕的种子有几十公斤重，用一枝竹竿，上面绑把利刃，一割就割下来。一看，小种子上千粒，用机器榨出油来。

棕油的用处甚多，它是人造牛油的主要原料，肥料及很多日用产品都用棕油，中国香港人吃的南洋牌子的花生油和粟米油，其中也掺了大量的棕油，只可惜它不可以代替汽车的汽油，不然就发达了。

椰树中采取的椰油，没有棕油用处那么广，而且椰子繁殖不及油棕快，生命力也没有油棕强。

自看到树头之后，油棕树会逐渐长高，植树者便会把它的树枝斩下，露出树干来。干上被削枝后留下规则的花纹，也蛮好看的。但树干长高后并不是光秃秃的，会有很多寄生树生长，像替它披上一层衣裳。

它还是产油植物中年龄最长的，一棵树可以连产 30 年以上的种子，老后树干已愈来愈高，要采取起来需要更长的竹枝，很不方便。而且，到了这个年龄，所产种子渐少。

这时，人类会做出一种很残忍的行为，那就是向为他们服务多年的油棕下毒，让油棕一棵棵枯死。

枯死之后一把火烧个干净，再在油棕园重新种起。油棕后代也不怨恨，默默地为故主服务，直至它们又被毒死的一天。

油棕树的命运最悲惨，每次经过枯老的，我都为它合十。

万寿宫

敏仪去澳大利亚度假，要我为她介绍一两间值得去的餐厅。

"什么都市？"我问。

"悉尼。"

"那么去 Edna's Table 好了。"我回答。

"还要去墨尔本，想吃中餐。"她说。

"一定要去万寿宫了。"

到了墨尔本，她来电："已经满座。"

我即刻为她找到老板刘华铿（Gilbert Lau）。他在电话中说："既然是你的朋友，没位也找位。"

昨夜出席叶洁馨为她设的送别会，敏仪一看到我就说："太好了，没吃过一餐那么满意的中国菜。"

在座诸友都好奇，心中说的是："又有什么那么了不起？"

敏仪说："第一，地方好。第二，食物好。第三，服务好。"

"中国香港也有呀！"大家如此反应。

她笑道："完全像到西餐厅，我们两人去，菜是一道道地上，像皇帝蟹，一道分两小份，只是吃一口的分量。"

"整只皇帝蟹那么大，吃不完的呢？"叶洁馨张口问道。

敏仪说："我也问过 Gilbert，他说可以拆肉做其他菜，不要紧。"

我心中暗笑。在墨尔本时我也有同样的待遇，不过那时是和 Gilbert 商量好："我们什么都想吃，胃口又没那么大，别人吃的东西，偷两小块来给我们试试。"

敏仪她们吃的，是不是人家的就不知道了。她继续说："吃什么东西配什么酒，Gilbert 拿出半瓶装，真是天衣无缝。不单是这样，他只在需要的时候出现，服务一下即刻走开，像一口新鲜的空气，从来不觉得他在干扰，这种学问，在这里就找不到。"我们都点头同意。

享受

好久没有去墨尔本了，数年前我选中了市中心雅拉河边，弗林德斯大街车站歌剧院后面的一座公寓 Key West，已盖好，还没去看过。

去墨尔本的另一个理由，是金庸先生已在墨尔本买了座豪宅，目前在那里度假，叫我到他家小住几天，我就偷闲前往。

抵达机场太早，我就去国泰的寰宇堂走走。

走过各大都市的机场，还没有一家航空公司的候机室像国泰的那么大、那么舒服。

刚开始的时候，大家还嫌它的设计太新，给人冷冰冰的感觉。去得多就习惯了，温暖便油然而生，各种设施又逐渐增加，最大的"德政"添了一个吸烟区，那是机场唯一的公开吸烟场所，再也不必挤在一间烟雾弥漫的小室中猛抽了。

长桌用的是大理石，大理石一般看起来陈旧和老土，但是这里的设计是用灯光从大理石的下面照上来，石面变成了半透明状，非常典雅、有新意。

走到里面喝酒抽烟的客人，成为一族。大家虽然陌生，但有一份莫名的亲切感。

另一项新设施是由英国名牌艾丽美（Elemis）经营的香薰室，有脸部按摩、全身按摩、修甲、修足、睫毛护理和洗头吹发等服务。以为只供女宾，走进去后才知男士照收。有间浴室，洗干净后才做各种服务。

寰宇堂中还有带浴缸的浴室、图书馆、阅读室、计算机室。几个餐厅酒吧由半岛酒店管理，吃的不错，三明治之外，当然也有虾饺烧卖和叉烧包，我最喜欢的是餐吧提供的四川菜。

年轻人背包旅行，坐经济位就不能享受这些服务，但经济基础已打好的人，应该去乘商务位或头等位。人生短短数十年，还节省来干什么，也应该为自己享受享受吧。

特色

从香港飞往墨尔本，是个愉快的旅程，晚上 10 点 50 分启航，翌日的 10 点抵达，7 个多小时罢了，刚好睡一觉。

先到唐人街去吃点东西。我一向不喜欢各国的唐人街，认为到了异乡，应该多看看，为什么要往华人的地方挤去？在墨尔本就没这种抗拒，我对这个城市很熟悉，而唐人街是友人的聚集处，像去了九龙城。

三月中旬，澳大利亚是秋天，它在地球的南面，我们开始热时，那边已凉。

气温在 24 摄氏度左右，是令人体最舒适的温度。空气有点干燥，但是很清新，污染还没有来到这个城市。

路上很多名厂汽车，夹着古董车，只有干燥的地方古董车才不会坏。香港潮湿，汽车很容易烂掉。

经过公园，我即刻停下，从后厢中拿出一张被单，铺后躺下，睡一个半小时的午觉。

查先生的大屋在高档住宅区图拉克（Toorak），离我从前住的地方不远，所以我对附近一带不感到陌生，知道街市在什么地方，打算第二天一早去买菜。

大屋占地数亩，花园中有几棵大树，记得查先生说过："要买屋子先看看有没有树，有树才有文化。"

屋子是数十年前盖的，买下来后扩大，多建了个大厅和几间客房，后花园种查先生喜欢的玫瑰，和查太太爱的薰衣草。

大屋旁边另有间小屋，是园丁一家的住宅。虽说是小屋，但在香港，已是有钱人家那么大的。

聊天之余，发现园丁是在大学研究澳大利亚树木的，他说："当年住在这一区的人向往英国，种的都是英国花草，只有这一家人维持澳大利亚的植物，从前被认为老土，现在已变成最有特色的一家人，所以我才来打工。"

休息

吃过晚饭后我倒头就睡，第二天一早到周围散步，愈走愈远，干脆去普兰（Praharn）街市。

忘记了今天是星期三，不开。维多利亚街市星期三也不营业，真让人有点懊恼。卖菜的话，最好来墨尔本，一个星期只做 4 天工，其他时间逍遥。

见有水果店，我走进去看，黄绿色的无核葡萄苏丹娜（Sultana）应季，现在是澳大利亚的秋天，是葡萄收成的季节，葡萄又便宜又好吃。无花果也诱人，我另外买了两个哈密瓜和两个木瓜。见有西瓜，也买了一个大的，有 7 公斤重。

不能提走回查先生家了，水果店老板很亲切地帮我叫了一辆的士，他说："你别看街上有空车，多数是接客去的。在这里，还是打电话叫车比等车快。"

不消 3 分钟，车子已经来到，水果店老板坚持帮我把水果搬上车，香港人就没有这种服务，城市太大，人与人之间的隔膜就产生了。

回来后才吃早餐，在水果店中看到了大蘑菇，顺手买了几个，有碟子般大，用橄榄油煎了，拿刀叉像吃牛扒般锯来吃，又香又甜。这顿早餐，健康得很。

然后逛书店，澳大利亚有几样最好的东西，书店是其一，又大又多。录音书的种类更是不少，价钱比美国、加拿大的便宜。

还有一样享受是这里的芝士，因为没有欧洲的传统包袱，可以往芝士中乱加，澳大利亚人在芝士中加了蒜头、花、香料，果实如樱桃、橙、杏等，像吃菜，也像在吃甜品。

晚上一起吃饭时，点一两瓶有泡红酒，冰冻后最容易入喉，西拉（Shiraz）葡萄酿出的酒品质上乘，喝得过瘾。

这几天，吃完东西后看书、睡觉，早上写稿。过去一直无休止地奔波，在这几天的休息中完全补偿回来了。

一家花

从香港到墨尔本，本来想带些吃的，像蒸熟了的金华火腿薄片之类的东西来当礼物，可惜澳大利亚食物入关的条例严格，只好空手而来。

住查先生家，第二天清晨 5 点便去富茨克雷（Footscray）的批发花市买花。

花齐全，名副其实的看得眼花缭乱，选些什么则变成难题。

想起从前住达林街（Darling Street）公寓时的布置，决定用相同颜色系统的方式来购买，即一次过，买齐了红色或白色或蓝色的，不掺杂，完全统一，就会好看。

向日葵当造，就选黄色系统吧！

开花店的老板娘法兰西丝陪我去，找了一辆载货的推车，我们买完了花就放在上面，这样才能大量进货。

有黄色的玫瑰、康乃馨、郁金香、百合等，一扎七八枝，卖 1 澳元

至三四澳元不等。我一出手就是 10 扎，绝不手软，那么便宜，还孤寒 ①
的话，天不饶人。

　　咦，怎么有桔梗花，也是黄色的？想不到可以当成药材的东西还那
么美，即刻买下。

　　法兰西丝是位东方美人，像蜜蜂一样到处杀价，卖花大汉都和她很
熟稔，被她呼呼喝喝，指定送货，搞得团团乱转。

　　另外看到一位女子，据卖花者说她是一味爱花，起初什么都不懂，
把钱投资在一间很小的花店里，从头做起，现在也变成了专家，不过大
汉们喜欢法兰西丝多过这女子。

　　回到家，开始撕叶剪干，但是找不到那么多的花瓶，怎么办？只要
把从花市带回来的塑胶桶用黄纸包扎，就变成了漂亮的花缸，来衬托向
日葵也很管用。

　　唯一的缺点是查府很大，就算买了一堆花，这里摆几束，那里放一
大把，分散了也不够看，真有点懊恼。

---

① 粤语，指吝啬。——编者注

归途

时间过得很快，星期二中午抵达墨尔本，星期日一早就要回香港了。

这几天到底干了什么？我迷迷糊糊的，但不是因为喝了酒，而是因为午觉睡得很多，充分休息。

晚上多数是查先生请客，到各家餐厅吃，当然也去了"万寿宫"见老友刘先生，他热情招呼，特别焖了一锅羊腩，知道我是个羊痴，一定满足我。

有个晚上还去了间泰国餐厅，没有"金宝"或"金不换"那么地道，转转胃口，也是好事。从前对食物很腌尖①，到了外国一定要吃当地菜，现在老了变随和，只要饱肚就是，而且愈简单愈好，尤其是在不工作的旅行途中。

临走之前，再和园丁聊天，搞清楚查府花园中的树名和花名，但只记住了普通名。如果是植物的拉丁文学名，就太难记了。

最突出是长满又大又红的花的泡桐树（Paulwania），有个别名叫"天堂之树"（Tree of Heaven）②，花一开就是两三个星期，一片叶子也没有，附近的住客看了都惊叹它的美妙。

有一种像出自原始森林的巨木，松叶认得出，但其他地方就完全稀

---

① 粤语，指挑剔。——编者注

② 泡桐树为玄参科泡桐属树种，属落叶乔木。"天堂之树"多指臭椿，是苦木科臭椿属落叶乔木。此处疑有误。——编者注

奇古怪，伸出条弯曲的手臂状枝干，我们看不懂，猴子也看不懂，故叫"猴子的迷惑"（Monkey Puzzle）。

后园中的紫色花，像一片薰衣草，但只属同科，没有香味，花朵较大。我们在法国南部也见过一片片紫色的花田，都是这种叫鼠尾草（Salvia）的植物，扮成薰衣草。

上机之前，先到越南城的"勇记"吃一碗牛肉河粉，实在好吃。从前还有一个印象是巴黎和里昂的越南河粉更好吃，但上次去法国试了，觉得还是比不上墨尔本这一家人的。拿了纸墨，为他们题了"天下越南粉，勇记第一家"几个字。

不相信

墨尔本的旅行，共一周，很快就过去了。

有很多想去的地方都没时间去，像最心爱的维多利亚菜市场，过门而不入。

吃的东西，下次再去买好了，吃不到就算了。想念的是卖菜的那几位太太，要是她们再见到我，一定高兴。梦中，我和她们聊过天，现实中却见不到。

乘上飞机，服务我的是位马来西亚来的姑娘，沙巴出生，粤语说得很流畅，谈起话来很亲切。

食物不停地供应，但我一上飞机就睡觉，醒来有鱼子酱，我总觉得国泰用的鱼子酱太咸，会不会是不让客人吃太多的关系？一笑。

空姐再三要我来一点，就请她加大量的茸，其他蛋黄之类的配料一概拒绝，这样吃起来还算不错，只是不太弹牙。

接下来的西洋火腿等小食，我都不要了。

主食有鸡、牛和虾，用的是洋人的做法，我不感兴趣。我要了一碟白饭，只捞鸡肉汁，填填肚子，再睡时容易入眠。

见有大粒大粒上桌的雪糕，不能不吃。我要了两粒，吃不够，和空姐说如果其他客人吃剩下了，就再来一客的，她笑盈盈地走开，不消一会儿，又拿了一份给我，我一下子又吃光了。是不是再来两粒？一定会拉肚子，算了。

到香港之前又来供食，我这个食痴，不能不吃，但想到香港大排档的也比机内的好，犹豫之间，食物已被搬到我面前，又有汤又有炒菜，后者有鸡肉和牛肉沙嗲当配菜，汤中则有三粒大云吞，也各吃了一点儿。

喝了汤，大概味精作祟，有点口渴。我对味精不反感，口渴嘛，就叫东西喝。

"给我一杯可乐。"我说。

空姐不相信，摇头说："你一定在开我的玩笑。你这种人怎么会喝可乐？"

形象太坏，真没办法。

第二章

生活 大玩家

文冬　机内直播　宝火虫之旅　油棕树　庞贝　和尚袋流浪记　悲喜剧　法国早餐　蓝火车

一家花　旅行的雨　万寿宫　不睡觉　西部片　煌花运　布耶佩斯　里米大蜂两个货

告　不相信　非洲马来村　野兽本性祖冒　航行日记　金狮

好望角　兔炎苦兰谷

享受生命，不论身在何处

屈指一算，去年一年，我不停地乘飞机，一个机场换过另一个机场。

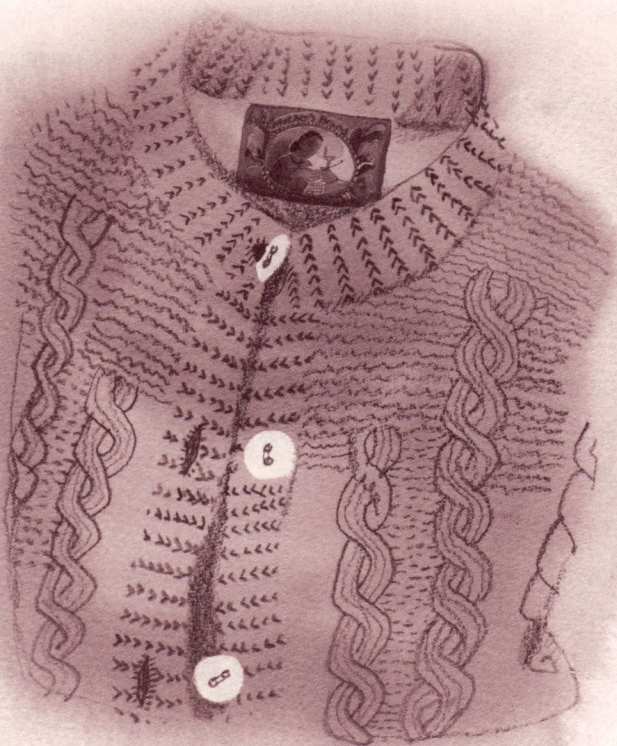

时间花在拍摄电视旅游节目、带团出国、自己去玩和返回老家探母上。

行李分两箱，冬天用的和夏天用的衣服，收拾和摆放起来都很方便。

外游的好处在于抵达一个地方，不管去过还是没有去过，总有一份刺激的新鲜感，啊，一天过了。啊，两天过了。啊，就要回去了。时间过得快，连今天是星期几都忘记了。

最主要的是，有些东西已经好久没吃过，非尝尝不可。回到用惯了的那间浴室，又可以再次躺在浴缸之中。各种肥皂都有不同的香味，唤起深沉的回忆。

老友来电话："本来约好 11 日吃饭的，但是忽然有事，改期吧。""不要紧，饭随时可吃。"我答道。

知道对方健康快乐，已足够。

到书局去，有那么多的新书。咦，附近又开了一家更新、更大的。奇怪，书局愈开愈大，买书的人愈来愈少，怎么生存？

我很珍惜每一秒，一大早就起身逛街，发现民生已改善，很多铺子关着大门。不必那么早开也好，我宁愿自己觉得不方便，也不想让大家太过辛苦，非要多争取几小时的生意。

在花市中，我看到大朵的牡丹，即刻买下。年轻时不懂得欣赏，老来才知牡丹的高贵，一瓣又一瓣地重叠，一数之下，不止数枚。而且，晚上它又发出幽香。

享受每一刻钟，正经事都忘记去办。假期嘛，外游嘛，做什么正经事？

懒洋洋地躺在酸枝贵妃椅中，才发现，原来已身在香港。

绝种食物

记者小朋友问我："有哪几种香港食物是你所说的已经绝种的？"

我不用思考就已经想起南北行小巷，巷头有档炒粿，将粉粿切成手指般大的一条条，先往平底锅中加猪油、大蒜爆香，略煎一煎，加香浓的黑酱油炒之。打一个鸭蛋，煎得带金黄色，这时粉粿已有点发焦，最后放菜，之后把香喷喷的粉粿拿到你面前。在香港，已经没人做。

小巷中还有一档做猪肠酿糯米的，主要卖猪杂汤。猪肚灌水，胀得很厚，灼后吃很爽脆。吃时加肉片、猪肝、肉碎、咸酸菜和最后的干红丝及珍珠花菜。还有那致命好吃的猪血。现在你在街市看到的猪血，已经是用化学品调制的。连真正的猪血都没得吃，这种猪杂汤不是绝了种是什么？

小时候吃的甄沾记雪糕呢？伦敦的椰子味雪糕呢？还有皇上皇、奇香村的雪糕呢？都到哪里去找？

记得尖沙咀还有咕喱①吃的钵仔菜，大家蹲在长的小椅上，现在要是出现了，你蹲都不会蹲，一定会掉下来。年轻时常和老友去上环的一家炖品大排档吃东西。

一盅盅地，什么食物都炖一场，放在一个大蒸笼里的有猪脑、鸡脚、水鸭、牛腿等，数之不清。

最贵的是一盅将一整只乌龟炖在里面的，当年一直想试试，不知道

---

① 方言，"苦力"的意思。——编者注

因为什么只吃了别的东西。当今出现，一定不会放过。

车厘哥夫的罗宋汤呢？啊，怎么会那么香浓？试过目前所有的豉油西餐厅[①]的罗宋汤，都没有一家比得上。

要我写下去，10张稿纸都不够。做不出的原因，是餐厅主人自己都没有吃过，更别说做得出一个怎样的滋味。

[①] 豉油西餐指粤化的西餐，即用粤式食材与烹饪手法制作西餐。——编者注

濒临绝种的食物也要保护

到菜市场买菜烧给妈妈吃，顺便逛逛那里的熟食档。有一家卖猪杂汤的，排了长龙，据说是全市最好的。

久未尝此味，小时候在家父好友统道叔的商店外，有条叫朱烈街的街边有猪杂汤卖，吃了念念不忘。

到了香港，在南北行小巷中也有档出名的猪杂汤，用的是灌水猪肚，灌得肉片发胀，半透明，白灼后异常爽口。

后来，小巷拆了，猪杂摊档搬到后面花园内的熟食档，坚持了一两年，也就收了，从此消失，我在香港再也没有喝过猪杂汤。

排了半小时左右的队，轮到我，高高兴兴地捧两碗，和谊兄黄汉民及家中好友林润镐兄分来吃。

一看汤中物，已觉不对。

"怎么没有珍珠花菜？"我问。

"用的人少了，小贩就不肯卖了。"林润镐兄说。

"没有珍珠花菜，怎能叫猪杂汤？"我开始抱怨。

"吃吧！吃吧！"谊兄说。

用汤匙翻开猪肝、猪肉，又问："怎么没有猪血？"

"现在的屠宰房不割喉放血了，哪儿来的猪血？"谊兄又说，"吃吧，吃吧！"

一进口，完全不是味道，更别说没有灌水猪肚！

小贩还是一位老人，老人家做的，已经那么没有水平，嘴边无毛的小子，更是做不出来。他们只听到熟食中心有个空位，就拿储蓄来开一档，前档主教了他们三天，他们便有勇气开张，当然不知道什么叫好吃。

所以我一直说保护濒临绝种动物，不如保护濒临绝种食物，再这么下去，剩下的全是麦当劳了。

梦见老被，仿佛重回当年

用了新枕头，昨夜睡得真香，梦见儿时的绒质被单。

那是一张花花绿绿的东西，图案设计得当时觉得俗气，现在拿复古当时髦。

被单上面或下面各有一条锦制的边，滑溜溜的，到底是哪边向上，总是搞不清楚，因为没有商标。

用了多年，那条边的丝质开始变得稀薄并脱落，最后我把残余的部分拆掉，它变成一张无缘的被。

太阳光猛烈的那几天，就张开被来晒，还拿出一条大藤条鞭打，好在藤条不是用在身上的。晒完的被单盖起来有一阵健康的味道，不算好闻，但感觉是清洁的。

长大后看见被角上有张小布，写着"英国制造"。英国人怎么那么老土，弄出那些颜色缤纷的花纹？为出口而制的吧？

洗了又洗，还是洗不坏，扔掉了又可惜，这张老被，再也没有别人盖吧？快要出国了，怎么处置？实在是一个令人烦恼的问题。

把老被卷成一条柱，用针线固定起来，塞进抱枕套子里面，就是一个完美的竹夫人 ①。

将它剪成长形，钉在木板上，又能成为一张宽烫板。商店卖的都太窄，烫起衣服来不够到位。

最笨拙的方法，是剪开当擦脚的小地毯，或者精巧裁之，根据坐厕的形状剪凹进去，赤脚如厕时也舒服。

玩得兴起时，把兄弟姐妹的老被单也剪成小四方块，组织后又缝上，加了两条新边，就是图案不同的几张新被单了。

醒来时，才想起当年出国时走得匆忙，头也不回，双亲都不顾，怎么去理会那张老被？

吃好，聊好，每日都好

一大早想写稿，受嘈杂声干扰，非常懊恼，一个字也写不出来，只有冲出门去。

散步到九龙城街市，愈想愈生气，头上那片乌云稠密，差点行雷走电，下大雨。

不过一看到新鲜的蔬菜，心情即刻转好。单单是芥蓝已经和平日的

---

① 竹夫人是一种圆柱形的竹制取凉用具。——编者注

不同。温度下降，菜最甜。芥蓝没有中型的，或大或小。前者一颗就有一斤重，开白花，不知道的人以为会很老、很多筋；识货者拿它来炆排骨，入口即化，就算切片下酒清炒，也很爽脆。后者像菜心那么细，把油爆热了下镬，兜两下就能上桌；吃进口，甜入心。

鱼档中卖的小鱿鱼，如淑女的手指般尖，一摸还会变颜色，新鲜活泼得诱人，用水冲一冲，就那么原只拿去蒸，什么佐料都不用加，已是一道天下美味。

愈看愈开心，一切烦恼消失。食欲大增，到烧腊档去斩一大块半肥瘦的叉烧，拿到三楼的熟食店去，要了一杯鸳鸯奶茶，来一碟斋肠粉，和叉烧一起吃，简直是一场豪宴。

摸肚子走下楼，去第二层杂货的摊档，想找一把新的篦，发现近来的货色非常粗糙，梳齿和梳齿之间的空位很宽，责骂工匠不用心，又生气了，赶紧离开。

看见前面一群妇人麋集，是卖衣服的。

"我每日开档前一定来打牙铰（闲聊）。"其中一位向我说，"你有没有兴趣参加一份？"

我点点头。妇人们都是脚踏实地的社会基层，辛勤工作之前放松一下，温暖得很。"同成班①靓女一起至有兴趣，"另一位说，"同我们老太婆没得聊？"

"错也，错也。"我说，"靓女同你一样。"

"这话怎讲？"她们反问。

---

① 粤语，指一群。——编者注

我又说："靓女我不会追，你我也不会追，岂非一样？"

大家大乐，我也大乐。每日都好。

说真话，不必敷衍

老了。最大的享受是说真话。

陪一群人去酒吧喝酒，本来好端端地和朋友聊天，忽然有一个人打开卡拉 OK，大唱特唱起来。

"难听死了。"我开始说真话，那人很腼腆，放下了麦克风。

其他人松一口气，大快人心，都羡慕我有把真相指出来的勇气。其实也不是够不够胆的问题，是来日不多，何必受这种怨气的问题。

"请给点意见！"餐厅老板问。

"不好吃。"我给了意见。

老板拼命解释：今天大师傅放假，市场没有新鲜的料，等等。

"你是要我给意见，还是要我来听解释的？"我问。

有人向我说某人坏话时，我总是说："想他们的好处，忘记他们的缺点，日子就会好过了。"

年轻人还有一个很大的毛病——充满敌意，时常把一件小事弄得很复杂。

我说："要干就干，不然罢手。没有什么值得吵吵闹闹的。"

遇见一个人，一面讲话一面用手拍我，我说："我不喜欢人家拍我。"

又得罪了一个，他会永远怀恨在心。但是，得罪就得罪了，算得了什么？难道要把他当女婿吗？得罪人绝对不是人生的损失。

再也不必敷衍了。人生快事！

尤其是对一直装出客气状的虚伪日本人，我更不客气，劈头来了一句："是或不是，简简单单。为什么你想得那么辛苦？"

真话说得多了，说服力就强了。有时来一句假的，也变成事实。

"靓女！"这么一叫，人人相信。看到丑的，怎么想叫也叫不出来，唯有折中，半真半假地说："你很聪明。"

演讲的秘诀

回到新加坡，做一场公开演讲。

主办方要我事先写一份内容提要，我不肯，我从来没做过这种事。"至少有个题目吧？"对方要求。

是的，至少有个题目。我本来预备一坐下来，想到什么就讲什么的，但是他们要出广告，总不能写"蔡澜讲不知道要讲什么"吧？

我勉强给了一个叫"吃的哲学"的题目。吃吃喝喝已经几十年，有点趣事和大家分享。至于哲学那两个字是骗人的，饮食只可欣赏，为什么要去分析？也许这么稀里糊涂地一说，就会变成哲学。

通常我一站上台，就胡诌一番，然后让听众发问。问什么我讲什么，两小时，很快就过去。

当然我不会抱着敷衍了事的心态，这不过是我的方式。对于公开演讲，各人都有不同的做法，黄霑就在事前做足功夫，桌上有很多张小纸条记录今天要讲些什么，我没有这种习惯而已。

题材一熟悉，从什么角度开始和结束都是一样的。和写文章相同，传统上有起、承、转、合四个过程，但也可以把顺序颠倒：先合，再承，回到起点，最后转折收场。让听众提问题，回应之后，便是所谓的"交流"了。起初，听众的问题很长，我也回答得详细，并举出许多例子；后来问题愈来愈短，最后对方问一个字，我答一个字，变得像运球一样，你一球来我一球去，有趣得很。

准备的稿论点正确，有它的好处；不准备的话，有时内容变得空洞。不过照样可以讲得精彩，只是听完便笑笑作数，是最大的毛病。

演讲多了，我便得到经验。有一个秘诀，是比听众先到场。一般是等听众坐满了，讲者才出现，但这方法得不到优势，大家只等着看你什么时候出错。讲者先抵达，听众以为自己迟到了，心中有愧，即使你讲得不十分动听，也会原谅你。

不要一百岁，一会儿就好

父亲和我，一路走一路聊天，看见一只鸽子的尸体。

"怎么死的？"博学多闻的他，忽然问起这个幼稚的问题。

"老了，死了。"我冲口而出。

父亲静默了一阵子，当年，他已是古来稀的七十。

我知道自己讲错话，不应刺激老人家，但已无挽回之地。好在又过了20年，他才离我们而去。

退休后的父亲，并非像一般年长者那样没事做。他环游世界数次，闲时读更多的书，整理家中的花园。他扫落叶，一扫扫到大路上，把整条街扫得干干净净。他又与有学问的友人吟诗作对，和不那么有学问的人聊天，引得大家乐融融。

对于死亡，父亲并没有我看得透彻，最后那几年，还挂在嘴上，说想多活一会儿。

"你一定活到一百岁。"我说。

他摇摇头："不要一百岁，一会儿就好。"

当时我认为生死定于天，不能强求。现在我才明白，父亲对生死并不眷恋，只是思想还年轻，好奇心还是那么重，生命力还是那么强，想多活一会儿，是对每一个月、每一天、每一小时、每一分、每一秒，都觉得那么美好。

所以我并不能同情唉声叹气，整日喊无聊的人，对未成年少男少女不珍惜生命的行为，也不能接受。

短暂的人生，没有什么好过看书的了。读书人总是少患老年痴呆症，唯有层次愈来愈高。不喜看书的话，任何一门兴趣都能做出学问，养鱼、种花、刺绣，只要钻研都能成为专家。

人，应该有点学问。

返老还童的糖果

家母比家父小 4 岁，真正算起来，应该是 91 岁了。

每天早上一碗燕窝，由谊兄黄汉民炖后拿来，5 年之中每天如此，有这么好的一位兄长，真是福气。家母吃了皮肤光滑，证实燕窝实在有用处，但是偶尔才来一碗，是不见效的，要长期服食。

老年人最大的苦恼在于周身病痛，家母幸运，不知关节炎和风湿是何物，身体比我们这群儿孙还要健康。

酒还是照喝，家母三餐不可一口无此君。我有时宿醉，什么东西都吞不下，母亲忽然问："为什么不喝酒？"

吓得我即刻连灌三杯。

回老家时一早必散步到附近市场，买老人家喜欢吃的猪肉包子，和街市的太太做了朋友，不必出声，她自然会包起一两个，加上甜酱，让我带回家去。

"糯米很难消化，不能让老人家吃！"许多人都会那么劝我。但是家母消化系统良好，偶尔吃些，一点也不用担心。

母亲从前对甜东西一看就摇头，现在喜欢吃，但咬合力终究不强，只爱柔软松脆的。

威化饼最好了，我多次带团去日本，每回带大家去便利店买水果和矿泉水，我就走到糖果部去选各种威化饼，其中有种包装得像杯子的最好吃，一粒刚好是一口，吃起来方便。

棉花糖也不错，还有迷你蛋糕，金橘般大，怕一整袋打开后吃不完、不新鲜，用透明塑料袋个别包住，日本人在这方面的功夫做得最好。

我在食物方面还有一点信用，团友们看见我买什么就跟着买什么，一看原来只是糖果，大家都说："蔡澜返老还童。"

柳北岸诗选

回老家，厅中摆一叠书，叫《新加坡已故作家作品集》，其中有一册是家父的《柳北岸诗选》。

原名蔡文玄的爸爸，笔名很多，有蔡石门、覃芷等。柳北岸，取自来了南洋，还望乡北部之情。

看书中的作者生平，有些事情，家父没有告诉过我。也许是忘记了，也许是他没有向我说过，倒向别人提及过。他年轻时当过兵我是知道的，但他没说是受了一位叫杜国庠的人的影响，参加了北伐军。

他在 23 岁时来新加坡找他的哥哥，一年后又去马来西亚。24 岁时，他就当了柔佛州的一间小学的校长。

1932 年，他回国，在上海从事文化工作，主编一份文艺副刊。32 岁那年，受邵仁枚和邵逸夫聘请，他来新加坡加入了他们的邵氏兄弟公司，一做就做了数十年。

在此期间，他为了公事和私事而四处旅游，跑遍了世界的名城小镇，一有感触便记下来作成诗篇。写景、怀古、写意，旅游诗成为他的特色。

家父很早就写作，在读南开大学时已经开始，但是出书却是在友人的鼓励下才做的事。第一本诗集《十二城之旅》出版于 60 岁，不过愈出愈勤，出国回来出了一本又一本，包括《梦土》《旅心》《雪泥》《鞋底下的泥沙》等。最后一本，与旅游无关，是一册写人生的长诗，叫《无色的虹》。

这一系列的丛书还包括苗秀、姚紫、赵戎、李淮琳的小说和李影的散文。苗秀是我中学的英文老师，姚紫喝醉后常来我们家胡扯，印象犹新。

作家是很奇怪的群体，有一天读者便活一天，出版社为什么把他们分成"已故"？实在是件好笑的事。

侄儿婚礼

回到新加坡，参加弟弟蔡萱的儿子蔡晔的婚礼。

当年我们住在一个叫大世界的游乐场中，晚上抱蔡萱散步的情景还记忆犹新。弟弟从婴儿时期开始爱上灯光，在我怀中沉睡，醒来。游乐场打烊，他手指剩下的数盏街灯，非要重游，不肯罢休。

我抱过他的儿子，再过几年，又可抱他的孙。自己没有后代，又如何？有人送终的迂腐思想真可笑，死了还管那么多干什么。

蔡晔娶的是一位韩国少女，是留学日本时认识的。今晚她爸爸妈妈坚持穿韩国传统服装入场。弟弟的太太是日本人，也不服输，穿日本和服，场面有如国际服装展览会。

这次前来的亲戚朋友们，由日本、韩国来的加起来有 23 名，向星港旅行社新加坡分公司借了一辆大巴士，带他们观光。

加上本地朋友和亲人，一共摆了约十桌，吃饭时依新加坡传统，大喊"饮胜"①。

大姐蔡亮一家，两个儿子各娶了媳妇，也每对两名儿女，从一个人变成九人家族。大哥去世，女儿蔡芸一家也成三人。只有大哥的儿子蔡宁不肯结婚，他是计算机专家，爱上机器，现居美国，也赶了过来。地位最高的是我的母亲，已九十出头。她才不管你是谁，埋头吃烤乳猪，喝她的 XO 白兰地，一杯又一杯。

侄媳妇父母其他语言说得不灵光，我拼命地把懂得的几句韩国话翻出来和他们交谈，愈说愈起劲，最后连韩国烤肉、泡菜的名字也叫了出来，乐得他们笑融融。

座上不少熟悉的面孔，与我同年的也已抱孙，有的秃头，有的步履蹒跚，只有我一个心中"丹青不知老将至"，还是吃吃喝喝，嘻嘻哈哈地满场飞。

---

① 粤语，指干杯。——编者注

儿子的缺点会变成父亲眼里的佳话

参加侄儿的婚礼，遇老一辈的亲戚，都说我长得愈来愈像"细叔"。

祖母生五男二女，在旧社会中算是完美的后代数字，父亲排行最小，大家都那么叫他。

我自己不觉察，还是他人眼中的较为正确吧。但一些小动作，我是无形之中将父亲模仿得十足。

像抽烟的时候，家父的烟灰都有过半支那么长，旁边的人看得呱呱大叫之前，他把烟灰往盅一弹，从不会掉落到地板上。我也做同样的事，旁边的人照样看得呱呱大叫。

年纪大了老花眼，眼镜一戴，滑落到鼻根，写东西时还来得方便。一有同事走进办公室，我没把眼镜推好，便瞪眼看他们，相信家父旧僚看见了以后，也会以为是他老人家再生。

对茶道、书法和种花有兴趣，也全受家父影响。我现在的生活方式，亲戚看来，与父亲不同的是对异性的好感。

学不到的，是对别人的宽恕。父亲总告诉我："人都有缺点，两心皆存于不同层面。看好的，忘记坏的，自己快乐一点儿。"

家父知道年纪差不多了，临走之前还把自己的一生记载下来。我原可替他完成这个心愿，但每次看到家父的文字，都悲恻不已；他的其他教导，亦白费。

年轻时的反叛是必经之道，我让他担心的事太多。当年我只向往西洋文学，对中国诗词的欣赏力很低，这是令老人家失望的事。还有热衷交女朋友，也令他侧目。

父亲没在我面前称赞过我，只偷听到他向老友说："这孩子年轻时女朋友很多。"语气还带点自豪。

做儿子的缺点，在父亲眼中，最后总变为佳话。我没生小孩，当其他喜爱的年轻人为儿女，也许有那么一天，我能向父亲学习。

猫王

老家建于 20 世纪四五十年代，从前被认为老土的流线型阳台，现在是时髦，十几只猫伏在铁栏杆上望我。

走入厅，家母已睡觉。在家父灵前点了炷香，就冲入二楼的浴室把热气冲掉，换上内衣，围轻飘飘的丝质沙龙，再走下来休息。

避不开的是家中那阵猫味儿，弟弟和弟媳是猫痴，一养就是二十多只，每月猫粮就要一千多港元。

"拿点去送人吧。"时常有亲朋好友劝告，两人总是微笑着点头不语。话是听了，送是送了，因为不肯为猫儿做绝育手术，拼命送后，拼命生，到头来还是二十多只，但见孕猫甚多，相信再这样下去绝对会不止这个数目。

有些很听话，张开双手，它们就前来给你拥抱；有些不瞅不睬，觉得"你养我是你自讨麻烦"，绝不感恩。

共同点是都肯上浴室排泄，很强烈的猫味，是小猫造成的，它们刚学会走路，不懂得在你身上撒泡东西是没礼貌的。

久而久之，主人闻而不闻，我不是经常接触，当然难受。

"为什么不替它们洗澡？"明明知道猫不喜欢这回事儿，也是要问的。

"它们自己会清理。"这也是理所当然的答案，说了等于白说。

翌日，去菜市场买东西烧几味。天气炎热，大包小包提得我喘气。坐在咖啡室外喝杯浓茶时，见一群猫走近弟媳的小腿，用身体摩擦，好像在膜拜这只大猫王。

主人气味之浓，惹得野猫服帖，我们乘汽车回家，过了几小时，那群猫跟到家，难道只随从汽车中飘出的气味就能认路？这真是不可思议。

出售招财猫

弟媳做了猫王，引来不少只野猫，家中的不绝育猫，生了又生，家里简直是猫的乐园。

"送人呀！"谊兄黄汉民说。

"这些猫，有什么人要？"弟弟反问。说得也是，最先养的是两只贵妇猫，生下一群后因近亲繁衍，都有点痴傻。后来贵妇猫又禁不住流浪猫的引诱，离家而走，没东西吃了只好回娘家，带来一窝杂种猫。

仔细观察，好几只猫又怀孕了。

少女猫又叫春了，它们的声波极强，一传几条街，但还不够身上发出的味道厉害，方圆数里，雄猫麇集而来。

"我想出了一个妙计！"谊兄说，"新加坡人最喜欢什么？"

"买四字呀！"我们都同时回答。

所谓四字，是四个阿拉伯数字，抽签抽出来的。众人可以选中自己要的，花 1 元买。买中的话，奖金数千到数万元不等。

至于这四个数字怎么选，有些人看到两辆车相撞，拿了车牌去买。有些人把自己的生日拼起来，也会中奖。我已经了解谊兄的意思："说我们家的猫会选四字？"

"对。"谊兄说,"把一二三四五六七八九〇的字条卷成团,扔在地上,你们家的猫就会用手去抓,抓到了,即刻中奖。"

"那么是招财猫了,一定有人要!"

"何止要,我们还可以一只 500 元卖呢!"众人七嘴八舌,"不过怎么把这消息传出去?又不能登广告!"

"叫蔡澜在他的专栏写写,不就行吗?"有人说后,大家赞成。

我也觉得是个好主意,还是不送人,留给自己用好,不写了。

(编者注:图中左侧小猫铭牌上的日文是"站长小玉",它曾经被任命为日本贵志车站站长,为面临停运的车站带来了名气与财富,被称作"幸运的招财猫"。)

大排档

　　回到香港，把报纸的旧闻当新料，大刨一个通宵，只字不漏，汁都捞埋①。

　　有一个调查，说最受香港人欢迎的是大排档。哈哈，笑掉大牙。什么？大排档？扪心自问："你近年来吃过多少次大排档？"

　　香港几乎已经没有大排档。

　　所有的大排档

都搬进了店内，政府也绝对不会再发牌。仅存的是在新蒲岗、深水一带的几家，还有中环街市那一堆，连庙街也只有一两家卖鱼虾蟹的罢了。

我们所谓的大排档，是火候十足、热辣辣上桌的菜肴，或者是一些街边小食。当然，这些食物还是找得到的，不过已经不在大排档里，而是在一间间的小食肆里。尽管这些小食肆供应的都是以前吃过的东西，但在我们的印象之中，已没有大排档的影子存在，怎么好吃，也差一级了。

真不知道为什么要消灭大排档，既然知道这是大众所爱好的，逼它们搬进店里干什么？为什么不能弄一块地来，集体管理，卫生也差不到哪里去。

像从前的新加坡 Car Park，就有大排档的味道。中国香港的大笪地也有。

地皮贵的时候，卖去建屋，情有可原；但现在地价跌得一塌糊涂，为什么不可以割出一大块来重现人民的愿望？启德就是一个好选择。

要吃大排档吗？北角的渣华道街市二楼的"东宝小馆"，镬气十足，永远不会让客人失望。

要吃街边的大排档吗？去泰国曼谷和马来西亚吉隆坡、槟城等地，还可以吃到。

儿子

亚视回放倪匡兄、黄霑兄和我主持的《今夜不设防》，那是 10 年前的旧货。

清谈式的节目，由那个时候开始。《东方日报》的老总周石先生从中国台湾搬来个称呼，叫我们三人为"名嘴"。周先生极会找新人在副刊上写作，我便是他发掘的。现在他已作古，很怀念这位前辈。

节目之受欢迎，令英国广播公司派一队人来采访，得出在电视节目上应该大胆开放的结论。

我自己很少回顾做过的事，旁人看了问："你怎么头发白得那么快？"其实当年已老，不过外表看来比年龄还轻，是个假象。家父去世后，我伤心过度，真是一晚白发。现在回到我的实在岁数罢了。

不变的是浪凡赞助的西装，没有过时的感觉。

10 年前没看过节目的人问："昨晚深夜的节目，看到的是不是你？"

我听了笑笑，摇头不认，向他说："不，那是我的儿子。"

猫迪斯科

姐姐蔡亮的第二个儿子结婚，我星期六飞往新加坡，星期日晚上出席宴会，下星期一回来。

时间短促，不住富丽敦酒店了，就在老家过夜，顺便观赏猫儿，一乐也。

本来养了 30 只猫的，因为弟弟蔡萱的女儿生完孩子要来家里坐月子，怕婴儿对猫毛过敏，把猫都抓走了，剩下 6 只漏网之"猫"，称六勇士。

后来陆陆续续有野猫来寄住，又补回原数，变成原本的 30 只。

这个状况维持了一段时间，蔡萱的太太患了乳腺癌，开刀之后疗养，又请人把猫儿再次抓个干净。

六勇士之中，出走的出走，老死的老死，只剩下"鬼鬼祟祟"。原来它行为鬼祟，做猫做得小心翼翼，怎么抓都抓不到它。

"阿花"永远是敏捷的，而且它的花毛变成隐身武器，能像《爱丽斯梦游仙境》里的那一只，忽然消失，然后又出现。

"笨蛋"也在，行动虽笨拙，但聪明到极点，令抓猫的人看不出它的本事，轻敌走近时，它即刻逃跑。

加起其他猫，当今一共有 60 只吧？多数长得极美，百看不厌。

"又是哪里来的那么多野猫？"我问。

弟弟解释："对面那家人，做生意失败，房屋查封，当然不会把猫儿带走。它们知道这里有的吃喝，就来了。"

"一个月要买多少钱的猫粮？"

"合港币一千多元吧？除此之外还要买沙呢，"弟弟说，"沙铺在猫厕所上，是特别制造的，一吸排泄物就会干掉，结成一块。"

"会不会愈来愈多？"

弟弟说："猫也有自动管理系统，保持这个数目，不会增多，像迪斯科厅门外的打手，只让漂亮猫儿每天来家里跳舞，好看得很。"

紫藤依旧

很多年前，跟父亲到公园散步，他仔细观赏每一种花朵，一一叫出它们的名字。

我只顾着和女朋友耳鬓厮磨。经过一个花架时，看花朵垂下，像一片紫云。我忍不住叫女朋友站在花中，用双镜头白光的相机，把光圈放大，令前景和背影模糊，焦点只对着她的脸上拍了一张。冲印出来，她大感满意。

一下子跳到今天，走过九龙花墟，见商店里也摆了这种花。它属爬藤系，卷成一团团出售，价钱便宜，大概是因为香港人大多没有花园，只爱能够盆栽的植物。我一直为生活奔波，思想成熟后学会偷闲，已经知道这种花的名字，原来叫紫藤。

紫藤的生命力旺盛，种植后很快就蔓延，为求阳光，拼命攀藤，驾驭其他树木，有点像往上爬的年轻人。

山林管理员见到紫藤就斩，以免害周围植物枯竭。砍下来的藤枝也有用途，可以编篮，其纤维也能织布。但是对人生最有贡献的还是那漂亮的花朵，如铃状，由数百朵紫色小花组成，一串可长达 1 米，4 月是它开得最灿烂的时期，引来一群群的蝴蝶，漂亮得不得了。

紫藤属于豆科，花谢后长出细长扁平的荚，表面上有些细毛。到了秋天，当叶子都枯落时，紫藤的荚还是坚强地留在枝上。

冬天来到，在郊外会听到嘣嘣的声音，那是豆荚裂开后发出的巨响，种子以惊人的力量飞弹到各地，农家的玻璃也被它撞碎过。

收服的紫藤，可以种在家里。从店中买来藤枝，搭个架子让它蔓延，或者把种子种在花钵中，过三四年便开花，但要把花钵放在高处，让紫藤有地方垂下，整理时只要剪去新枝就行，不然它会爬到隔壁家去。

如今，我到了家父当年的年龄，也了解了一些紫藤的习性。当年女朋友的名字，倒是忘了。

记忆力衰退有时也可省去不少烦恼

我的记忆力衰退，自己感觉得到。

其实，与其说是衰退，不如说我的记性一向不好，那是天生的，无可救药。

几十年前的事，倒是记得清清楚楚，今天的却一下子忘掉，戴着老花眼镜，到处找老花眼镜的时候居多。

答应过的事情，也一下子忘记。尚好，后面脑中有时浮出约定，都还能照办，只是迟早问题。不过对方要是常提起，还是有帮助的，希望我的友人不厌其烦地再次问我，应承的事绝对会做到为止。

很羡慕记性好的人，这是一种天赋，这些人做什么事都能成功，只是受限于他们的出身和长大后的生活环境罢了；但出人头地，是一定的。

我认识的记忆力最好的人，是查先生。倪匡兄，排第二。阿芬，排第三。

查先生的记忆力用在了作品上，书籍过目不忘，对资料掌握得比亲身经历还要详细，加上本人的幻想力，作品令人叹为观止。

倪匡兄的阅读能力比写作能力强，这是他自己说的，看了那么多书，自然会写了。但也要记得才行。70岁的人，什么事都记得清清楚楚。但这次来香港，他也要用一张日历，把约会写在上面，才能记得。

阿芬主理粥店，任何搭配，客人只要说一声，她绝对不会记错，实在了不起。

但是，记性不佳也有好处。我家天台，一直漏水，装修过无数次，毛病依然发生。最后一次是一位亲友介绍的一个所谓专家，说绝对没问题，钱付了几十万元，结果他老兄的工程是最烂的，漏水把我最心爱的字画都浸坏，当时气得要打他。隔了几天，在停车场遇见，忘记了他是谁，还向他问好。

人生友人

一颗吸血僵尸般的虎牙开始摇动，我知道是我们离别的时候到了。

虽然万般可惜，但忍受不了每天吃东西时的痛楚，决定找老朋友黎湛培医生拔除。近来我常到尖沙咀堪富利士道的恒生银行附近走动，看到我的人以为是去找东西吃，不知道我造访的是牙医。

牙齿不断地洗，又抽烟又喝浓得像墨汁的普洱，不黑才怪。黎医生用的是一管喷射器，像以水管洗车子一样，一下子就洗得干干净净，不消3分钟。如果一洗一小时，那么加起来浪费的时间就太多了。

今天要久一点了，拔牙嘛。

做人，最恐怖和痛苦的事，莫过于拔牙。前一阵子我还在报纸上看到一张图片，有个女的赤脚大夫，用一支修理房屋的铁钳替人拔牙，想起了做几晚的噩梦。

　　老朋友了，什么都可以商量，我向黎医生说："先涂一点儿麻醉膏在打针的地方，行不行？"

　　"知道了，知道了。"黎医生笑着说。

　　过了几分钟，好像有点效了，用舌头去顶一顶，没什么感觉。

　　还是不放心，再问："拔牙之前，你会给我开一开笑气的？"

　　"知道了，知道了。"

　　这种笑气，小时候看三傻短片时经常出现。向当今的年轻人提起，他们还不知道有这种东西。不过现在的牙医不太肯用，怕诊所内空气不流通的话，自己先给笑死。

　　一个口罩压在我鼻子上，听到嘶嘶的声音，接着便是一阵舒服无比的感觉，像在太空漫游，我开始微笑。

　　"拔掉了。"黎医生宣布。

　　什么？看到了那颗虎牙，才能相信。前后不到 10 分钟，打针和拔牙的过程像在记忆中被删除。这个故事教训我们，人生之中，一定要交几个朋友，一个能开导你，一个是好牙医，这样精神和肉体的痛苦都能被消除。

命

　　咳个不停，找吴维昌医生看，他说顺便照一照心脏吧。

　　我的血压一向没有问题，但循例检查也好，预约了养和医院。

登记后，走进一室，医生替我插一根管进手背，以备注进些放射性的液体，方便查看 X 线片。不是很痛，忍受得了。

接着就是躺在床上，一个巨大的机器不断地在我四周转动拍摄。上一次检查是 4 年前，用一个大铁筒，整个人被送进去，声音大作，轰轰隆隆拍个不停。当今这一台没有声音，医生还开了电视，播放美景和禅味音乐。

愈看愈想睡，被医生叫醒："睡了就会动。"

真奇怪，睡觉怎么会动呢？但我也只有乖乖听话，拼命睁开眼睛。

好歹 20 分钟过去了，心脏图照完，再到跑步房。

护士认得我，说 4 年前也做过这种检查，和八袋弟子一起做的，我还能跑，他就跑不动了。所谓跑，只是慢步而已，最初慢，后来加快。身上贴满了电线，心率显示在仪器里。

"你平时做不做运动的？"医生问。

我喘气回答："守着人生七字真言。"

"什么真言？"

"抽烟喝酒不运动。"我说。

医生和护士笑了出来，他们都很亲切，没有恐怖感，大家像在吃饭时开开玩笑。跑完步，又照一次，两回比较，才能看出心脏有没有毛病，报告会送到吴医生那里去。

人老了，像机器一样要修，这是老生常谈，道理我也懂得。

问题在于有没有好好地用它。仔细照顾，一定娇生惯养，毛病更多；像跑车一般驾驶，又太容易残旧，但二者给我选择，还是选后者，平稳的人生，一定闷。我受不了闷，是个性，个性是天生的，阻止也没有用，愈早投降愈好。

不药而愈

喉咙开始肿痛，又连续打了好几个哈欠，已有伤风感冒预兆。

本来，即刻吃一颗强力的伤风药便能克止。但是我大意了，轻视这次的病症，只服了普通药丸，到了翌日，已发不出声音，全身肌肉酸痛，鼻子擦了又擦，擦破了皮。

糟糕！我不能病，我没时间病。

这种情况下，我也试过马上求医，西医多是开几天的药丸，一粒治伤风，一粒治感冒，一粒化痰。一汤匙止咳的药水，倒是很甜美，恨不得整瓶干掉。

"不如打一针吧！"病人哀求，"打一针会快点好！"

医生做了一个勉为其难的表情，像"救世主"一样刺了你一针，你还要谢天谢地，天下哪儿有这么奇怪的事！

不替你打针，是因为打也一样，不打也一样，伤风感冒只能以休息医治，什么药都没有用。英国那种阴沉沉的天气之下，医生看到你来治伤风，会把你赶出去，说别浪费他的时间。

不如找中医吧！有的中医装出长者的表情，年纪其实不大，那么年轻，记得那么多药吗？既来之则安之，怎么能怀疑医者之资格？中医慢吞吞地开处方；草药的功能，也是慢吞吞的。

西药我会吃有个牌子的伤风感冒丸，这个牌子的头痛丸很可靠，伤风药应该也做得好吧？但各人有各种不同的反应，对于我，起不了作用。

我一向酗酒，茶又喝得浓似墨汁，烟也不断，指天椒当花生吃，猪油不怕。我这种人，能对付我的伤风药只剩下药效很猛的一种日夜区分的药，红颜色日间服，一次两大粒；绿颜色夜间服，也是两大粒。我叫这种药为深水炸弹，美国大汉也一服即睡，像昏死过去。我现在也处于这个迷幻状态，但也得起身继续写稿。

睡了又醒，醒了又睡，稿不能断，对着空白的稿纸，脑子也一片空白，还是回床躺下。

再睡 1 小时吧，我转了闹钟。电器传来刺耳声响，此时是半夜 3 点。转到 4 点，4 点起身也来得及，又响，再睡，又响，已是 6 点，窗外天空开始变白，不能睡了。

照照镜子，那颗喉核肿得像樱桃那么可爱。

仔细刮光胡子，约了客人，得去开会，不能给人看到病态。

尽管没有胃口，也得猛吞食物，才有力量，这是最基本的方法。

但是，前两天才拔了大牙，口腔发肿，吃粥也觉得硬，对付不了病菌。

写了几个字，停下，干脆去看电视。咦，这部电影怎么错过了？一看不能罢休。大厅没开暖气，又打喷嚏。

寒上加寒，又去吞深水炸弹。

趁药性还没发作，再写一张稿纸，不然就开天窗了。

一开始，这个病是从哪里染上的？回想一下，我去了韩国，气温零下 9 摄氏度，没事呀！

回到中国香港好好的，怎么会伤风？

大家都说小病是福，感冒是身体叫你休息。我才不稀罕这种运气。书写至此，又有睡意。

1 小时后，闹钟又响。

伤风感冒，又算什么？一直没好，是不是患了禽流感？

起身，披上大衣，散步到九龙城街市，遇相熟的小贩，互打招呼，见新鲜蔬菜、水果，开心得发笑。一切病痛，不药而愈。

回到家，这篇杂乱无章的东西，也写成了。

八米厘

和年轻人谈起八米厘菲林[①]，已很少人懂得是什么东西。

八米厘是菲林的一种，还没发明电子录像机时，我们用的就是八米厘摄影机和八米厘菲林了。

拍完了拿去冲洗，店家把菲林放进一个圆形的铁盒还给你。将它装入一个放映机中，就能将影像重现在小银幕上。因为菲林的面积很小，每一个方格画面像黄豆般大，所以没地方加上磁带，发不出声音来。

放映八米厘时机器发出"轧轧轧轧"的声音，在黑暗和闪亮的环境之中有种独特的神秘感。

但是八米厘最大的市场还是那群有闲阶级，他们已经飞到全世界的各个角落，用个摄影机把情景拍下，放映给友人观看。

---

① 菲林是"Film"的音译，指胶片。——编者注

唯一生产这种菲林的柯达公司，宣布了柯达克罗姆（Kodachrome）的停产，引起八米厘发烧友的严重抗议。

别以为有了电子录像机，八米厘那么落后的东西就早已被淘汰，在世界上还是有一群人死守着这一门摄影艺术。他们组织了团体，把每年5月8日命名为世界超级八米厘纪念日。他们多数是学生和地下电影工作者，专拍实验电影，认为柯达克罗姆的色调天下最美，不可取代。对他们来讲，宣布停产等于对颜色判了死刑。

八米厘的确有过它的光辉历史，《刺杀肯尼迪》的那部片子，也是用八米厘录下的，但在当今这个电子产品的全盛时期，开八米厘冲印厂，养着一班技师，是件亏本生意。

"那种颜色又有什么了不起？"电子技师说，"你要什么颜色，我们都能用电子替你做出来！"

这话也没错，我们这群认识过八米厘的人，像参加老朋友的葬礼，只能惋惜。

人也可以像建筑物那样，成为市标

人，像建筑物一样，都能成为市标。可惜的是，老建筑有时还会受到保护；而人，在他们活着的时候不去看看，就没机会了。

在香港中环永吉街的摊子中，领有牌照的，除了柠檬王那一家，就是一档卖毛笔的。82岁的李天祥先生，一辈子都在那里摆档，卖的毛笔便宜得令人发笑。档口拉了横布，写着：为天下事读书写字，廿元七枝。

今天下大雨，以为他没做生意，还是看到他西装笔挺地站着。李先生曾经说："我只有两套西装，但是也要穿来尊重客人。"

文具店的毛笔都要卖到几十元一管，李先生的也是从内地进的货，但不暴利。他笑着说："在中环摆档摆了几十年，不发达的也只有我一个吧？"

如果把钱存起来，也算是个小储蓄，但是他二十多年来从不间断，每年回家乡岭东，把钱捐给一所小学。现在领到他奖学金的学生都上了大学，甚至工作了。

"子女呢？"我问。

"他们的书没念成。"李先生说，"不过很懂事，也不埋怨我把钱都捐光了。"

"太太呢？"

"10年前过世了。"他没带悲伤，"我自己住在一个小房子里，漏水也不去修。能省几百元，学校就多得几百元。"

每个收到李先生奖学金的同学，大概都以为他是什么华侨富商，我真想抓他们来永吉街看看这个档口。

李先生每年都说有预感，再也做不下去，但每次到永吉街，还看得到他。

仿古威士忌

喜欢喝烈酒的人，先从中西烈酒分别。

前者叫作白酒，与餐酒的白酒不同，是酒精浓度极高的米酒，像茅台、五粮液和二锅头之类；后者有俄罗斯的伏特加、墨西哥的特其拉和意大利的果乐葩，但最具代表性的，还是法国的干邑和苏格兰的威士忌。

各有所好，如果白兰地和威士忌给我选，我还是会喝威士忌的。

认识威士忌，通常由尊尼获加（Johnnie Walker）开始。数十年前，有一瓶红牌，已是不得了的事；后来生活水平提高，大家又喝黑牌去；近年出的蓝牌，酒质甚佳，是喝得过的威士忌。

但是像尊尼获加和芝华士等名牌威士忌，都是采取不同的麦种来酿造的，有混合威士忌之称。喝久了，满足感没那么强。

这时你便进步到喝单种麦芽威士忌的层次了，在此简称为单芽威。喝单芽威，开始时总是选格兰菲迪（Glenfiddich）、格兰威特（Glenlivet）等名牌；渐入佳境后，世界公认最好的单芽威，还是麦卡伦（Macallan）。

市面上能买到的麦卡伦，分12年和18年的，能买到25年的已很不错，如果你拿出一瓶30年的，苏格兰人，像苏美璐的先生，已认为是极品，每瓶要卖到4300港元。

我喝过的是麦卡伦50年，水晶瓶是手工做的，头上盖铜盖，酒用蒸馏器打出来，藏了50年。精美绝伦四个字，可用于评价瓶子和酒质。

当今仿古，麦卡伦出了一瓶麦卡伦 1841，是依照当年产品的包装制成的，其实年份只有 8~10 年罢了，但是酒质奇佳，售价比 18 年的贵，要卖到 2100 港元一瓶。

喝单芽威是不加水的，像白兰地一样就那么喝。我昨天和朋友三人吃午餐，干掉了一瓶，面不改色。喝后也不头痛，是我爱上烈酒的主要原因。

一件东西用久了会产生感情

清晨写稿，习惯完成后即刻以传真机送走。要是存货足够，便卷成一卷，拿到办公室去，请秘书登记后再传出。

这卷稿纸放入和尚袋中，常散开弄皱，非常不雅。用条胶皮圈之比较不容易被压扁，但是我看见那五颜六色、死气沉沉的橡胶圈就不开胃，拒绝使用。

见过有些渗了塑胶原料入橡皮的，色彩很清新，想去买，但因事忙或忘记，总没买成。

今天特地赶到最大的一间文具铺去，店员拿出来的又是那些不堪入眼的东西，说："只有这些。"

"那么丑！"我说。

她本来也要做一个不买算了的表情，但自己看橡胶圈，也点头同意。

"要不要用些包扎礼物的胶带，比较好看。"她殷勤地问，"不过要自己绑。"

她到店后拿出一卷卷的金色带子，还是那个俗气的黄金颜色。

"每天对东西，至少要有点美感。"我摇头。

"说得也是。"她附和，"每天看到报纸上血淋淋的照片、那些变脸擦鞋政客的嘴脸，还有那些社交派对上的人，难看死了。文具也难看的话，真受不了。"

"还有什么可以代替橡胶圈的呢？"

"有了。"她忽然想到什么，拿出一个邮寄用的硬纸筒，"把稿纸塞进去就不会压扁了。"

我嫌太重，和尚袋中的东西，应愈轻愈感觉不到人生的负担。最后她建议用纸筒型的塑料袋子，这才勉强解决了问题。

"有时，"我说，"不一定要美观才行，一件东西用久了也会产生感情的。"

听觉的污染才是靡靡之音

当前的流行曲，永远被迂腐的人称为靡靡之音，是令人沉迷、不振作、颓废、思想萎缩的作品。

时光一过，能不能留于世？能留，就证明了这些所谓的靡靡之音，变成了经典，与其他历史上存在的乐曲一起，成为专供后辈们研究的对象。

像怨曲、爵士，当年出现，还不是被古典乐迷们谩骂？

又有谁敢说 20 世纪 60 年代的《乐与怒》，会一直流传至今，永不衰退呢？

多少父母批评过猫王教坏子女？披头士的发式，更被人嘲笑。现在他们是广受欢迎的巨星，所唱的歌，绝对比意大利歌剧更受欢迎。

音乐影响人们的情绪，有些歌一听，留在脑海中不断地重复，避也避不掉，能够带来欢乐，也让苦恼纠缠。

在电影的全盛时期，多少主题曲深入民心？我们怎会忘记《金玉盟》中的《一段值得记忆的情事》？或者许冠杰唱的"我哋呢班打工仔"呢？

还记得从前的"丽的呼声"①，一早 6 点就播《溜冰者的华尔兹》②，多么轻松！是那般令人振奋！

进入电视年代，《上海滩》的主题曲没有人不会哼两句。《碟中谍》（ *Mission Impossible* ）的开头曲，已经告诉观众这是一出好戏。

就算是综艺节目，听到了《欢乐今宵》的主题曲，观众已经放下碗筷来等待。

这些都是成功的例子，我认为靡靡之音的代表作是目前广播新闻之前的那段音乐，像呻吟，我一听到马上转台。听觉的污染，已达到不能忍受的地步！

不知道是哪一个庸才想出来的馊主意，要赶走观众，也有更好的方

---

① 这是一家英国公司，过去在中国香港等地开设了广播电台。——编者注

② 又名"溜冰圆舞曲"，英文名为 Skater's Waltz。——编者注

法！有时想静一下，却被这种讨厌到了极点的音乐骚扰，在一些国家，可能告得进去。

行李化妆

别以为大家从行李输送带上拿行李时会对号码，多数人一看，以为是自己的就提走；尤其是大公司的产品，个个相同。领别人的行李，或行李被其他旅客拿错的事，分分钟在发生，所以，我们非将行李"化妆"一下不可。

最有创意的莫过于画画，买一种叫丙烯的塑胶漆，涂了几笔，画得不满意重新填上一层颜色。这种漆料是可以改了又改，画到你满意为止的。

爱花的人画花，喜欢风景的画山水，家中养宠物的，把它们当成模特儿，来画一只有七个颜色的狗，或者一只大花猫，多么可爱！

"我不会画画！"朋友不接受这个建议。

也好，贴纸总行吧？买一卷1英寸宽的红色胶带，斜斜地在行李的两边各贴一条，很容易被认出来，也减少被人领走的机会。

行李的颜色，并不必像冰箱、冰柜那样，一定要纯白或黄蓝黑三色。将两个颜色结合，涂两个不同的颜色也行呀。

如果你有艺术细胞，也不用把行李画得太好，它将成为最受注目的目标，是第一个要被偷的。我的绘画老师丁雄泉先生，在自己家的木门上画了几朵花，结果整个门都给人偷走了，别说是行李了。

外出旅行所带东西愈简单愈好，我的习惯是行李中装的完全是失去不可惜的东西。没有了心理负担，说来也奇怪，怎么乱放都不会遗失，从来没有遇到过行李不见了的事。但是为了节省时间，能一眼看出是自己的，就得下功夫。

绑上一条色彩鲜艳的丝巾在手挽上，是最简便的方法。

那些暴发户旅客，一套行李大小包，全是采用同一颜色和设计的名厂制造的，结果不是被偷走，就是拿回一个冒牌货。

很可怜。

丙烯

又是一个星期天，睡大觉多可惜，一早起身约友人到"莲香"饮茶。回来后，我开始画画。

事前到过花园街，由小贩摊中买了几件 25 元的白 T 恤衫，合来当稿，画在没有口袋的那幅布上，左边留白。

画 T 恤衫，染料会浸透背部，不能放在书桌上。经过山林道时看见两三间卖时装模特儿公仔的店铺，走进一家，找到了个没头、仿人体上半身的架子，很轻便，一问要 400 元，乖乖付了钱抬走，路人都转头用诧异的眼光看我。

画些什么？起初那几件是观察颜色，画抽象和凌乱的花朵，没什么主题，只凭感觉，愈画愈起劲。

最后那件又回到国画基础习作。蓝本是挂在老家书房的一幅齐白石的作品，画的是一棵大白菜和几粒冬菇，题"莫忘蔬菜味"几个字，是白石老人想起赵之谦讲过的一句话，送给当官的朋友，叫他不要忘本。

我从来没画过大白菜，靠记忆涂了几笔，有点样子。白菜的叶子原来用黑墨，我大胆地采取丙烯的鲜艳绿色代之。

签名就省掉了，又不是什么传世之作，不过国画中要是没有一方朱砂印来点睛，色彩便会显得单调枯燥，印泥盖在白布上效果不佳，画上去的话又没有金石味，怎么办才好？

头上叮的一声，干脆画一颗红辣椒来代替。辣椒最容易画了，只要把笔涂上红色后横放，印上即成。

今后准备多画几件，蒸鱼时画苏眉，炒菜时画芥蓝，煮面时画麦田。

"洗了不会脱色吗？"友人问。

丙烯这种颜料混入了塑胶，像水彩一样溶于水，一旦干了就洗不掉。友人以为是什么新发明，原来就是油墙涂壁的乳胶漆而已。

罗衣

附庸风雅这句话，本是说来骂人的，但能做到和风雅拉上一点关系，已很难得。附庸就附庸吧，总比一点雅兴也没有好得多。

先敬罗衣后敬人，还是不好。狗眼看人低，这种行为不可取，但是由衣和外表观察对方，倒是很准确的。

戴个镶满钻石的金劳力士、翡翠戒指，这种人不是暴发户是什么？花衬衫配花领带，还穿一对绿色袜子，品位全失，这种人好不到哪里去。

干干净净永远留给别人一个好印象，不一定要昂贵的名牌。

从前的上海人，把银狐皮毛穿在旦面，外层是件粗布。这种优雅，已尽失。再也没看过类似的风流人物出现了。

真正的名牌货，并不必把牌子翻出来，或印在外面给人家看，它们的质地一向耐看耐穿，买了一件可以用 10 年以上，只要自己身材不变。到头来，还是比买廉价东西划算。

劳力士还是一个好表，普普通通的钢面，一用几十年，最后变成收藏品，比购入时更值钱。奔驰还是辆好汽车，看你怎么去保养和珍惜了。

凡是用贵重东西来显示身价的人，一定是一个没有自信的人。

一切都由这个人的行为举止看出，要是这个人会做人，不管穿什么、戴什么，都好看。如果这个人做贼心虚，哪怕一身真正的名牌衣服，看起来还是像在档口买回来的。

感谢卡

我送礼，对方寄来一张感谢卡。

简简单单的感谢二字偶尔也趣味盎然，利用了风景、人物和故事。

在文具店中找到一张自己喜欢的感谢卡也真不容易，五花八门，愈看愈迷惘。感谢卡的图案设计大概可以分为三类：少女所好的凯蒂猫（Hello Kitty），中年人经常接触的一束花和长者爱用的无图案。

《花生漫画》的角色更是被广泛地使用，查理·布朗能从口中轻易说出谢谢；但是露西则较为有意思，叫她那种人感恩，挤都挤不出那两个字。

也有史努比向糊涂塌客说的谢谢。所有角色的关系，这两者之间最为微妙。史努比大部分是代表了画家调皮的一面，那么糊涂塌客呢？

言归正传，说回感谢卡，层次高低不是问题，但它们都是印刷品，大量生产，意义逊色。我也寄感谢卡，是手绘的。

亲自画有个好处，想到什么就画什么。画得好不好不要紧，心思绝对花得十足。但是我多在外旅行，最近中秋收到了月饼，没时间画一张卡感谢对方，也只有请秘书代劳，买张卡，附上名片。

这种做法自己不满意，是设计一些感谢卡的时候了。

画个古人，打躬作揖好不好呢？

笔画太繁复，也碍清雅，还是愈简单的愈好。送张卡去，如果对方也能再用，岂不更为环保？初步构想，是一个古人用的信封，两边留白，中间染红的那种。红色部分印上"感谢"二字。信封内还有个同样的信封，再有一个更小的，那么就可以多谢三声了。最小的那个，自己签上名字。对方收到后，用回外面那两个大的，又是一份其薄如纸的情呀。

一直要有玩具，才能保存一份真

男人的玩具很多，从小玩到老。

不一定要花钱，抓几只蟋蟀也可以斗个半天。烂车轮、针线木轴、桠杈树枝都是随手拾来的材料，不学自通地制作成玩具。

西班牙人有一句话："别让你身体里面的儿童长大。"男人一直要有玩具，才能保存一份真。这不是坏事。

开始时我集邮。这种嗜好引申到对全世界国家和地区有个认识，启发旅游的兴致。专业起来，还可以当买卖；写起论文，也能当博士。

略为富有时，男人买手表，一个又一个地买。什么钻石表都齐全了，就买起古董表来。我见过一位仁兄，他干脆学修理，开钟表店去了。

音响也很迷人，从磨针的唱片机到电子的，有些人还返璞归真地去玩电灯泡、收音机。

爱汽车的人很多，但香港地方狭窄，又很潮湿，能收集大量古董车的只是少数。

还是墨水笔易收藏，像古镇煌兄，不但著书赚稿费，也能把他收藏

（编者注：图中繁体字为"大清雍正年制"。）

的墨水笔一大批一大批地卖出去，再去玩别的。

收藏的东西也不一定放得久，也并非有交换的目的。有位友人喜欢收集各国的罐头食物，贮藏室中非有几百罐不能放心睡觉，过期的只好丢掉，但已心满意足。

陶瓷是很有品位的爱好，当然也会令人倾家荡产。字画也是一样的。成为商人又不同。但很少有人会把收藏拿去变卖，多是死后捐给博物馆，因为在这过程之中，学到了高尚的情操。

盗版书

走进马来西亚吉隆坡的书店一看，我的文章平摆在长桌上，几十本，都齐全。

有的印得和"天地图书"的新版一模一样，只差在内页的插图黯黑。其他的连出版社、名字、地址、电话都翻印过去，怎么追查也追查不到。

印刷较差的，还有一家叫"大地图书"的，少了一幅画。有地址和电话，但当然都是假的，好在封面设计没乱改。

这么多年来，如果卖的都是正版书，相信会带给我一笔很丰厚的版税。但是至今一个子儿也没收到。

"知不知道是哪些人翻的？"我问作家兼资深报人朋友早慧。

早慧点头。

"下次来吉隆坡，要他们请我喝一杯椰花酒！"我要求。

早慧笑了，这班家伙当然不敢冒头。

"为什么不正正当当叫我给版权印呢？"我说，"为了打击盗版，版税可以商量呀！"

"中国台湾的一些作者也这么做过。"早慧说，"他们要告盗版者，先得花一笔很大的律师费，得不偿失，所以就自己在马来西亚印书，和盗版争市场。"

"是呀！"我说，"反正印刷也一定要花钱的，偷与不偷，这笔钱省不了，读者宁愿买作家授权出版的书呀！"

早慧又笑了："但是还是有问题的。"

"什么问题？"我大叫。

"盗版的人，叫印刷厂印完，拿去书局卖，得到的钱放进自己腰包，连印刷厂的费用也逃掉！"早慧说。真是服了他们。

好吧，什么路都行不通，只有看开，盗就盗，翻就翻，有点良心的话，印得精美一点吧！承您老人家看得起，才翻的。阿猫阿狗，你们不会去打主意。

新年愿望是一天过得比一天快乐

离千禧年还有一个多月，朋友都问我有没有决定在什么地方度过。

我当然已有打算。

起初，我想跟大家去新西兰，后来决定千禧年到来之前先走一趟，才知道新西兰政府指定的城市吉斯伯恩，原来不是看到晨光第一线的地方；最先见到晨光的地方是一个荒岛，它不能容纳那么多游客。但新西兰政府指的是"城市"，也没有讲错。既然城市可当作小岛，我先到了，当成看到 2000 年的第一个日出，也没什么不妥的。

法国巴黎的三十六条桥的灯饰将大放。德国柏林举行盛大舞会。英国伦敦的格林尼治有个五万嘉宾的典礼。美国洛杉矶将有激光表演。埃及开罗也大玩特技，在金字塔上多投影一个金字塔。你要参加哪一个国家的庆典？已太迟，客栈早已被订满，你也不想被当成一名小卒。

我决定到日本北海道去，过个日本年。东京不保证下雪，但札幌绝对会是白茫茫的一片，头上如牡丹般大的雪花飘下来。

最不容易的是找到开店的餐厅，日本人过阳历年，统统关门。我们的旅行团是老顾客，他们才勉为其难地替我们安排好食住。日本近年经济泡沫破裂，不敢得罪熟客。

很少有游客于新年在日本度假，也没看过日本人一家老小穿传统和服上街的情景。虽然休息的地方多，但是相信我们一团人吵吵闹闹的，也不会寂寞。

除夕那晚，旅馆附近的公园和广场也会有很多年轻人麇集，倒数踏入千禧年。酒店为我们准备了丰富的晚餐。清酒免费奉送，用铁槌把木桶敲开，香味横溢，与大家共醉。

将会许什么新年愿望?

不停地欢乐，一年比一年好，一天过得比一天快乐，吃吃喝喝，为人生目的也。夫复何求? 12 月 30 日去，1 月 3 日回来，避开千年虫[①]，一起上路吧!

[①] "千年虫"是千禧年前后出现的计算机系统故障事件。——编者注

第三章

难忘

老朋友

蓝火车里将大卷两个梦

金狮

法国早餐

煌花运

布耶佩斯

悲喜剧

虎贝

不睡觉

和尚袋流浪记

西部片

航行日记

油棕树、

万寿宫野兽本性祖咒

萤火虫之旅

旅行的雨

机内直播

一家花

告

不相信

非洲马来村

文交

好望角兔炎芬兰谷

倪氏家谱

到新加坡去，遇到倪匡兄的小弟弟，叫倪亦靖，样子清秀英俊，和年轻时的倪匡兄一样。倪震还比不过他。

倪亦靖在新加坡大学教物理，他从学校毕业后就一直教书，没有换过工作，生活最为安稳。他和新加坡女人结婚，生有二女，两个女儿都是绝色美女。小时候她们遇见我，一直说要当演员，我见她们还在读初中，说等书读完再来找我。一眨眼，大女儿已经 25 岁，明星梦也不再做了吧？

我想查清楚倪家到底有多少兄弟姐妹，便问倪亦靖。我对他的回答总结如次：

大哥叫倪亦方，从小由亲戚抚养长大，改姓王，是化学工程师，现居中国内地。

老二是女的，叫亦秀，专攻数理，一直是很出色的会计师，也在中国内地。

三哥倪亦俭，电气工程师。

倪匡兄排第四，本名为倪亦聪，倪匡是他的笔名。

老五为倪亦平，居中国香港，是飞机工程师。倪亦平的太太是倪匡大嫂李果珍的妹妹，姐妹嫁给兄弟，像古代小说里才出现的事。亦平有一个儿子，小时候患哮喘，咳个不停，我们叫他为"咳导演"。

老六是亦舒了。她不用倪姓，笔名只取本来的两个字。

最小的就是倪亦靖了。

倪匡减肥法

写稿到清晨 4 点钟，打电话给倪匡兄。

"哈哈哈哈，"他问，"你们那边三更半夜了，怎么还不睡？"

"明天带团出发，可以在飞机上睡。空姐怎么叫也叫不醒我。你们呢，现在几点？"

"现在是下午 1 点，怎么那么久没听到你的声音？"

"上次倪太①来香港，我一直要请她吃饭，最后还是吃不成，真不好意思。"

"你不必不好意思，她现在又去了，剩下我一个人在旧金山。"

"吃东西怎么办呢？"

"我昨天只吃一餐。"倪匡兄说。

"那有没有比从前瘦一点儿？"

"没有，还是一身赘肉。"

我最近不那么胖，人家问我用什么减肥法，我回答说是倪匡减肥法。倪匡兄说过不吃就瘦。现在听倪匡兄自己说来，好像倪匡减肥法也不管用了。

"那一餐吃了些什么东西？"我问。

"烤羊腿呀。买了一只四五磅②重、去骨的。四五十度火，烤个

---

① 即倪匡的太太。——编者注

② 1 磅约为 0.45 千克。——编者注

45 分钟就可以半生不熟地吃，真美味。拿那些羊油来炒青菜，不知有多香！"

"用刀子把羊腿插几个洞，塞进蒜头，烤了更香。"我说。

"那么烦干什么？"他反问，"羊肉是所有肉类之中最好吃的了，怎么烧都行。"

"不怕膻？"

"羊膻了才好，广东人最古怪了，说这碟羊肉不膻，味道不错。哈哈哈哈，这是什么道理？不膻吃来干什么？"

我也赞同。四五磅的肉，怪不得一天吃一餐，也照样发胖。

寒冷

大家只记得倪匡兄的《卫斯理》，其实他的小品文，极是好看，一读再读，还是那么精彩。

集成书的有《梦中的信》《酒后的信》《云端的信》和《灯下的信》，内容都在省视自己的内心世界，篇篇文章可读性极高，有些还令读者拍案叫绝。

目前在香港书店已经找不到《明窗》的香港版本，"皇冠丛书"的台湾版还能买到，但有些也绝了版，实在可惜。

不过"皇冠丛书"也没有出过倪匡兄刚开始一个星期写的两篇杂文结集成书的《不寄的信》和《心中的信》。这两本书，更是难找。

在一篇题为"寒冷"的文章中，倪匡兄说香港的寒冷，其实算得了什么呢！几时见过滴水成冰，寒风蚀骨？

有一个周游全球的人说："全世界，中国香港最冷。"

倪匡兄的结论是：香港一切对付寒冷的设备措施，都不存在。对于寒冷，是完全不设防的一种状态，所以才让人觉得冷。

这只是我记忆中的那篇《寒冷》，我的文字水平差他十万八千里，即使重复他的观点，听起来也平平无奇。

愈读愈有趣，最后也没意外的结尾，但说服力极强，引你读下去。其他人来写，我看了两行就想把书丢掉。

倪匡兄为什么会写"寒冷"呢？他自己解释是拿来"应节气"的。当他举笔时，天气非常之冷，可见他的题材都是随手拈来，绝对不像吾辈，索尽枯肠，还想不到东西来写。蠢材就是蠢材，真是不值得同情。

讣闻和挽联

当你重复倪匡兄讲过的话，而讲得一点也不好听的时候，只能把他的原文翻出来一字不漏地照抄，一方面可以省时，另一方面不费力地大赚稿酬，何乐不为？

倪匡兄的杂文很好看，连他写的"讣闻"亦很精彩，是为古龙写的，照录如次。

　　我们的好朋友古龙，在一九八五年九月二十一日傍晚，离开尘世，返回本来，在人间逗留了四十八年。

　　本名熊耀华的他，豪气干云，侠骨盖世，才华惊天，浪漫过人。他热爱朋友，酷嗜醇酒，迷恋美女，渴望快乐。三十年来，以他丰盛无比的创作力，写出超过一百部精彩绝伦、风行天下的作品，开创武侠小说的新路，是中国武侠小说的一代巨匠。他是他笔下所有多姿多彩的英雄人物的综合。

　　"人在江湖，身不由己"，如今他摆脱了一切羁绊，自此人欠欠人，一了百了，再无拘束，自由翱翔于我们无法了解的另一空间。他的作品则留在人间，让世人知道曾有那么出色的一个人，写下过那么多好看之极的小说。

　　未能免俗，为他的遗体举行一个他会喜欢的葬礼。

　　人间无古龙，心中有古龙，请大家来参加。

　　后来，在葬礼上，倪匡兄和王羽等人商量好，买几十瓶 XO 白兰地，放进古龙的棺材。但是，盖棺之前，大家又商量，不如喝掉它，古龙才会高兴。

　　事实上，陪葬的只是空瓶。

　　说起古龙之死，有很多近于灵幻的故事，大家去翻阅倪匡兄的杂文集吧。

　　最后，倪匡兄还写了一对传统挽联：近五十年人间率性纵情快意江湖不枉此一生，将三百本小说千变万化载籍浩瀚当可传千秋。

再版

倪匡兄的小品文集《酒后的信》，一共有三篇自序。他说："这本散文集共分三个部分，所以，序也有三篇之多。"

"集名《酒后的信》，这个'酒'字，自然是做词用的。"

在第二篇的序中是这样写的："有一些话，常在各种不同场合提起，是自己的看法，用写下一句话，再作注解的形式写下来，十分新奇独特。这些话，只是自己的意思，说了，写了，绝没有要任何人同意的企图在。看了之后，同意也好，反对也罢，反正我说我要说的话，已经说了，目的已达，这，开宗明义第一篇已说得很明白了！能接受多少就接受多少，能反对多少就反对多少，悉听尊便。"

序三上说："本集的第三部分，是一共十二讲的'男女学讲义'，很严肃的，和平时文风，略有不同。"

倪匡兄的男女学，非常精彩。黄霑和我正在举行"脱口秀"（Talk Show），他老人家出山，我们走去一边，只要你能听得懂他的广东话。

在该书的第二部分，有些语录是讲钱的。

"愈是公开卑弃金钱价值的人，心中一定比常人更渴望得到金钱。"

"金钱，要在花用它的时候，才有价值。"

"恭维富人，赚不到什么。"

"遇到有人对你说：我们之间别讲钱，只讲交情义气，你要小心了！"

"当金钱可以买到快乐时，飞扑去买！"

对于处世，倪匡兄说："切勿追究人家在怎么说你。"

"不是争辩的对象，千万不要和他争。"

对于儿女，倪匡兄说："好孩子是宠不坏的，坏孩子是教不好的。"

我做了文抄公，主要是想请出版商将倪匡兄所有的杂文集都再版，一定能卖过什么才子才女的财经小说。

《围城》

和黄永玉先生吃饭，话题由他乡下的凤凰镇转到钱锺书先生去。

原来黄先生和他老人家很熟，还住过同一条胡同。

"现在钱老夫妻都在医院里。"黄永玉先生说，"他们最伤心的，还是女儿刚刚逝世。"

"有多少岁了？"我们问，"是生什么病死的？"

"40多岁，"黄先生说，"听说生骨癌，两老真可怜。"

座上有人说："我们都是《围城》的迷，真替钱先生伤心。"

又有人说："钱锺书的《围城》第一次读到，实在惊为天人，但是现在重看，就感觉到过时了。"

"文艺作品，是不能以现代眼光看的，必须跳过时光，以当年的角度去欣赏。"另一位朋友有不同的见解。

"说什么也好，现在看来，也能感到他对人生的观察，是非常尖锐的。"又有人称赞。

"我还是喜欢他写的《谈艺录》。"

"不，不，《管锥编》更好。"众人七嘴八舌。

"钱先生肯接受访问吗？"有人问。

"那么多的外国记者，烦都烦死了。"黄先生说，"一大把年纪，哪儿来的精力？"

"对《围城》，他说过什么？"有人追问。

黄永玉先生笑了一笑："他说，那是我三十多岁时写的东西，很幼稚，不值得看。"大家又叹气。

杭穉英

怀旧变时兴，许多年轻人也跟着喜好起上海的一些日历牌和香烟广告。

其实多数是俗不可耐的，如果要收藏，只有一位叫杭穉英的画家的画品位较高。

作品反映了当年社会的繁华，杭穉英仔细描绘时髦女郎的发型、绣花边大衣、珍珠耳环、椭圆戒指、雍容微笑、端正的坐姿，典雅之中得到统一。这是他为高露洁棕榄公司画的一幅广告。

有时他也画不带商品的美女，全身穿绣大花的薄旗袍，穿高跟鞋，很不相称地戴一顶法国贝雷帽，手中抱的曼陀铃洋琴。俗中带美。

画得最雅的一幅，叫"簪花倩影图"，旗袍的质地看得出是绸绢，衣料只是灰色和黑色的大格子，但衣袖的绣花，岂为当今师傅能够缝出的？美女似笑非笑，短发发型极衬面容，发后还插一朵大黄花，颈围黄色丝项巾，胸前有一串数十颗的珍珠长链，手戴名表，看得人痴迷画中人。

杭稚英的底子，也是从画古代人物打起的，但我并不喜欢霸王别姬、三箭定天等，人物很俗气、很丑，晴雯撕扇图好一点儿，三笑姻缘中的小孩子像大人，并不可爱，但是透视感很强，背景的描绘令人感叹。

要求高档次的商人，纷纷求画。杭稚英知道一个人做不了大事，造就有天分的年轻徒弟金雪尘和李慕白合作，他的"稚英画室"相当于当今的大广告公司，设计出"双妹牌花露水""阴丹士林布染料"等不朽之作。

拍起电影，杭稚英的一生是很好的题材，美女如云、服装道具等，都有现成的详尽资料。

悼于倩

于倩逝世，因事忙昨夜才看到报纸，花圈亦来不及送。今早出殡，只有一大早赶到宝福山灵堂拜祭。

家眷或许是守夜迟了，还不见人。礼堂不大，摆了于倩的一辑照片和普通的祭品。我没走进去，坐在门外木上，抽一支烟。

烟雾迷乱，30 年前的东京，空气已大受污染，但阳光普照时，还是个漂亮的城市。第一次见到于倩，是她被公司派来，拍一部改编自好莱坞剧本的《我爱金龟婿》。

走艳星路线的演员，一向被认为邪派，不被身边的人接受，故事中如此，现实生活中亦一样，没有多少人肯和她交谈。但于倩有个开朗的个性，又很善良，她不介意大伙儿不叫她一起玩，独自逛逛街，买买东西。

于倩是位天生的演员，不必演，戏自然产生。也许有人这么说，我认为这都是因为她领悟力强。她什么戏都演，都肯开心演，是很随和的人，我对她非常欣赏。

于倩本名阎芷玲，灵堂写阎志玲，不知是芷还是志，没问清楚。她是天津人，北京出生，5 岁随父母赴港，肄业崇华书院，15 岁时移居台湾，1 年后返港，投考邵氏公司举办的"南国实验剧团"第一期，毕业后就一签 8 年的合同。

也许是那一头长发和魔鬼般的躯体，吸引了外国制片人，选她当一部西德和瑞士合作的《香港旋律》的女主角。

息影后的于倩，曾经复出，当年成绩突出的独立制片公司请过她拍《等待黎明》；还有一部黄志强的戏，拍到一半没有完成。

她与新加坡歌星秦淮结婚，生有二子。秦淮本姓陈，于倩自己为二子取名陈禾一、陈心一，可看出她一心一意希望维持爱情和家庭。但婚姻最终于 1975 年结束。对两个儿子，她还是百般爱护，一手一脚抚养。

两位高大英俊的年轻人站在我眼前，禾一已 30 岁，心一 28 岁了。上了一炷香，心一说妈妈在头，言下之意要我进去看于倩的遗体。我最不想见到癌病朋友被毒细胞侵蚀的样子，但也点了头，随兄弟们走进去。

用玻璃门隔开，开足了冷气的房内，于倩躺在狭小的床上，表情是那么安详。人是瘦了许多，耳边还戴上了心爱的珍珠耳环，并不像其他癌病患者那么没有尊严。

走出来后，心一解释："在 1993 年发现有末期癌症的，但是妈妈的意志力阻止了扩散，是因为肠胃炎而走的。"

"但是人怎么那么瘦？"我问。

"前些日子跌倒才肯进医院，要人为她方便，妈妈不忍心，不好意思，所以尽量少吃东西，不想麻烦护士。"心一说。

"于倩从前住何鸿卿大厦，一直最爱尖沙咀，有时还能在弥敦道遇见她。"我说。

"是的。"心一微笑，"她连吃东西也只去尖沙咀的餐厅。在医院，也指定要吃那几家老店的。"

"走以前，有没有痛苦？"我最想知道。

"只是昏迷了两个晚上。"心一说。

"最后那几年，有没有最开心的事？"

"最开心的是有人请她去拍戏，虽然是客串了几天，也很高兴。"

香港电影业，为什么不肯照顾这一群退休的演员呢？拍电影并不是一个大问题，主要的是让他们自己觉得有用。而且，一经水银灯照过的人，即沉湎于那段日子的光辉。

为什么不试试和他们联络，留下个通信录？为什么就那么让他们消失于人间？为什么要等到他们死后才追思一番？

去哪里找他们呢？有些人愿意不愿意复出呢？他们从前拿的片酬，我们现在成本在收缩，付不付得起？

很多机构一旦做大，就变成了官僚，官僚总用许多理由和疑问来推搪。

如果说到钱，请一位有经验的，总比找普通的特约演员好，不吃那么多 NG[①]，已经省回多少！哈，香港电影圈，不去谈它了。

"你们目前在什么地方工作？"我问。

心一说："哥哥在永安当导游，主要带地中海一带的客人，我在联合航空做事。"

大家都有一份好职业，老一辈死了，新一代活，生命就这般延长下去。

"骨灰不知要设在什么地方？"心一说。

"拿去尖沙咀钟楼，把它撒在码头旁边的海里。"我建议。

心一没有回答，默默地想。

石英

赶上飞机之前，遇到黄佐治君，说他母亲身体已不太好，想赶去探望，但已来不及。寄来的报纸上看到石英病逝的消息，唏嘘不已。

石英是我认为影坛上最有气质的一位女明星。她主演的那部《花落

---

① NG 是 Not Good 的缩写，指拍摄电影时失败的镜头。——编者注

又逢君》，改编自《茶花女》，如果东方有一位和嘉宝匹敌的演员，石英当之无愧。

出生于 1930 年，石英女士有个男人本名，叫石忠秀，北京人。

怎么当上演员的？她本来就是一个领牌的护士，当年邵氏影城有医疗部，她任职在那里。这么漂亮的小姐，不捧为明星怎么行？

《花落又逢君》之后，她又拍了《恋爱与义务》《自君别后》《水仙》《蓬莱春暖》，出日本外景。拍《大马戏团》《全家福》《凤求凰》《星岛芳踪》时遇到家父，相谈甚欢，常听到我爸爸称赞她。

1963 年拍完《赵五娘》之后，她就退出了影坛。

因为和赵雷合作得多，他们结为夫妇。赵雷相信大家都记得，在《江山美人》中扮皇帝的那位俊美小生。

赵先生也于 1996 年逝世。

儿子佐治长得比父亲高大，样子也像，在中国香港旅游局当高层。

佐治为旅游局主办宣传活动时，跑到钻石山嘉禾来见我，我一看到他就依稀认识，问起来才确定是赵先生的公子。

出殡时我不知道会不会在香港，很想和佐治谈一些他父母的往事。有些回忆，如果不是故人唤起，也就永远地埋葬了。

做儿童时，我喜欢上比我年龄大的演员，石英为我的偶像。时常做梦，躺在她怀里，让她轻轻抚摸头发，低声唱《当我们年轻的一天》。

何嘉丽

电台知名 DJ[①] 何嘉丽，最近常跟我的旅行团到处跑。

嘉嘉出来之后打的几份工都很高薪，最近被挖去另一个大机构做事，更是如鱼得水，每逢假期带妈妈旅行，充满孝心。

口齿伶俐是当然的，嘉嘉当年还出过几张畅销唱片，记忆犹新。

那首《夜温柔》，非常难唱，就算是歌喉好的人，也记不住歌词，不敢在卡拉 OK 中乱点这首歌。

《夜温柔》是我监制的一部叫《群莺乱舞》的电影中的主题曲，我是从那个时候认识她的。

到现在还有很多听众怀念嘉嘉当年主持的电台节目《三个小神仙》。后来，她和我也合作过一个深夜的节目，叫《最要紧是好玩》。

从小木讷的我，没想到能在电台上出现，经过她多番的鼓励和训练，后来连电视也上了，嘉嘉能称上是我的老师。

从年轻人身上，我学到的很多，尤其是现在的计算机，不向他们汲取经验是不行的。曾经想拜师尊子，请他教我画漫画，那么去了话语不通的国家，也可以以漫画来打破人与人之间的隔膜，可惜大家事忙，挤不出时间来完成这个愿望。

---

① DJ 是 Disc Jockey 的缩写，指唱片节目主持人。——编者注

李珊珊

　　和我一起旅行的人中，李珊珊参加旅行的次数很多。我们做过一个关于旅游的电视节目，有次去日本看花，她也参加。

　　小妮子虽是香港小姐，但没有派头，很亲切地和团友们拍照留念，来者不拒。

　　闲时，她常聊起工作上的事和感情上一些解不开的结。我总是听，我觉得要做一个讲话的人较为容易，做一个好的听者，却很难，所以一有空就练习。

　　珊珊今年才 23 岁①，但很有大志，一直想做些较有意义的工作。

　　际遇不巧时停了下来，就怪自己很懒散。我年轻时也经历过这个阶段，其实所谓的懒散，只是觉得有太多的事要做，而自己做得不够。

　　"有什么办法解决？"她问我。

　　我回答："充实自己，不断充实自己。"聪明的她，早已明白这个道理，有空就看电影，这是当演员的唯一途径，和作者看书一样，只有把基础打好，才能创作。

　　珊珊一有机会就看西洋片，最后把日本连续剧也全部看完，对港片更是熟悉，能分析剧本上的优缺点和演员的优劣。才 23 岁，真不简单。

　　有些观众看了我们那个旅游节目，觉得她比不上前一个主持人。我倒觉得那是主观问题，珊珊的发问有时非常尖锐，而且那副嘻嘻哈哈的样子，更令整个节目充满阳光。

当初由金庸先生把她推荐给我。他有部散步机，阴雨天不出外，就利用那部机器代劳。散步机把手处有一台电视，他边运动边看，看了很多连续剧。有一部叫《烈火雄心》的，其中珊珊的演技留给查先生很深的印象。

至于珊珊本人则没有缘分演金庸的连续剧，因为她身高太高，加上了发髻，很难找到够高的男主角演对手戏。

潘奕燕

思春期的男女，有些就交起笔友来。

自己也经历过那么一个阶段，读邵氏公司的宣传刊物《南国电影》，后页一定有一排排的照片，记联络处。看见样子娟好又斯文的女孩子，真有一股写信给她的冲动。

啊，那是纯情的年代。不过想起来，当今的男女通过电子邮箱，不也是在做同样的事？

在广州的签名会中，遇到了一位少女，她把一封信交给我，当然不是要和我交笔友，而是在托我替她找回一位失散的笔友。

这个叫潘奕燕的女子住在广东省顺德市伦教东宁大街西王巷三号。她交的笔友叫戴文辉，地址是香港西湾河。那是 4 年前的事，当时男的21 岁，女的 19 岁。

据潘小姐说，他是一个很纯真的男孩子，信中虽然没有华丽的字句，但平淡之中渗透出的文采，令她深深感动。

失去了联络后，近几年，她一直没有淡忘他，觉得和他的通信代表了她的青春。

潘小姐打过电话找同名同姓的人，没得到结果，她的友人叫她登报寻人，但她不知道登广告要多贵，自己也负担不起。

今年三月，潘小姐去过香港，第一件事就是跑去西湾河，但地址上的旧居已经清拆，她站在建筑地盘前，久久不去。

在她的信中，一切好像都是一张图片，能看到她那孤单的倩影。

如果各位认识一位叫戴文辉的人，又住过西湾河，请通知她一声吧。

两人要是能相逢，又是怎样一个结局？那就要看造化了。大家看了这篇文章，也许会说我愈来愈像管闲事的八婆。

骂就骂吧，我这一生也最讨厌八婆，但在这个例子上，宁愿当一次。

香港菜

电话响起。

"我是惠姗。"对方说。

原来是杨惠姗和张毅来香港了，开"琉璃工房"新作品展览会。

"有时间吃晚饭吗？"我刚好那一天在香港。

"唔，有什么地方可以吃到一顿真正的香港菜？"

这把我问倒了。

代表香港的，一般人都认为是白灼虾、鱼翅、蒸鱼、鲍鱼、燕窝等，我对这些食物厌倦又厌倦，被人请客勉强以蒸鱼汁淋白饭下肚，其他一概不碰。招呼客人，绝对不会到那些地方去。

叮，头上亮起一盏灯。

"有了，"我说，"带你们去元朗的大荣华吃围村菜，没人反对它代表香港。"

再约了些友人，乘小巴士前往。围村菜分量多，种类丰富，人数要多才够起变化，但即使有 10 位，也一定会吃剩，打包回家。

惠姗一到，送了一册活页的作品集给我。我打开一看，是一系统的佛像琉璃，美得不得了。菩萨的衣饰再也不像从前那样繁复，折叠线条简单明了。琉璃中含有的气泡，从前惠姗很介意，但现在利用气泡当成画面的一部分，更见返璞归真，看得爱不释手。

菜上桌，是古老的金钱鸡和肥肉蟹盒子，惠姗不管三七二十一，吃了三大块。本来她也不让张毅吃肥的，但今晚大赦，张毅把一片片的花扣肉往嘴里塞。

又有一条 3 斤以上的大乌头，黄色肥膏染出整碗金汤。养乌头的池子快要被改建成大厦，这是最后的几条，吃得更有价值。

吃饱，大家拥抱分开。老朋友惠姗由一位普通的电影女明星登上影后地位，又修成在世界艺坛涉足的艺术家，看得我十分欣慰。谁敢再叫人为戏子，我会"杀死"他们。

萧铜先生

每次经过旺角，都想起萧铜先生。

旧先施百货的附近有家小茶餐厅，专卖牛杂，萧先生和我在那里度过不少的下午，一面享用牛筋、牛肚，一面喝最便宜的孖蒸。

我们一起在《东方日报》上写专栏，算半个同事。当今这家牛杂店已变成卖衣服的，萧先生逝世，也有数十年了吧？

温哥华老友俞志纲先生来港，总会带几册旧书当手信，我最受用。上次他来，给了我一本萧铜先生的《雪，在回忆中》，由香港文丰出版社出版，封面的题字是羊璧兄写的。他是家父好友的儿子，见他如见亲人。

书里面是有60篇散文，萧铜先生在《后记》中说，分为两大类，一类是回乡探亲的一些感想、琐记、旅途中的见闻；另一类是在此地生活的速写。

所谓此地，都离不开旺角。他对这一带非常熟悉，常提起他和他的"广东婆"的生活范围。萧先生在台湾结过一次婚，对象是位女演员。"广东婆"大概是他在香港时的第二位妻子。

那个年代，台湾人回趟大陆不容易。想到谢家孝兄，他为了能回到四川见到家人而痛哭，萧铜先生的文章中，只见淡淡的哀愁。

食物是最能直接表现感情的东西，萧铜先生想起小时候在北京听到的小贩叫声"硬面唵，饽啊饽"，又写到在台北居住时听到的"萧妈抓"，是闽语的"烧肉粽"。来到了香港，雨夜里听到的"裹蒸粽"，也是令人抚然的。

萧铜先生自己说："在我看来，这些杂文的缺点是松散、琐碎、重复，真像流水账。"

我来到香港，一直看萧铜先生写的专栏。他所谓的缺点，其实是他最大的长处，散文就是应该松散，应该琐碎。在松散和琐碎之中，我读到他真实的感情，一句废话也没有，是多么地动人！称什么萧铜先生，应该是萧铜老师才对。

安东

认识了 30 年的好友安东·蒙纳，到过一次香港就爱上了，回到巴黎后拼命作画，为的就是来这里开画展。

地点在中环新世界大厦旁边的"奥佩拉画廊"（Opera Gallery），这个画廊已是国际性组织，在世界各个大城市都有分部，专卖印象派大师的作品，像雷诺阿、狄加、夏卡尔等。现代画家的，被他们选中的话，一定有保值作用。唉，这世界都谈保值了，也不必做作。

时间是 11 月 24 日至 27 日的 4 天，如果有兴趣的话，可去观赏，会有惊艳的感觉。

安东的画，一直在增值。上次友人买了一幅，是以一扇老木门为画布涂上的，非常精美，当今已升值 20 巴仙。

没看过安东作品的人，我可以介绍一下。

第一，他的画颜色非常鲜艳，令人看得开心。

第二，他的画风是写实的，但不同于陈逸飞，他并非照着彩色照片画的。因为他在匈牙利时经过学院派的苦功磨炼，有了很强的基础，又精通透视学，所以从他的画中，可以看到笔触。

第三，写实之中，他又吸收了中国山水画的传统，构图是抽象的，把心中美好的事物收集于正方形或长方形之中。

第四，也是最重要的，看到安东作品，就能认出，别人画不来。

近来有更多机构和收藏家买安东的画，酩悦酒庄也开始收藏。这些人的眼光都很厉害，看得很准，要是买到次等货，会被内行取笑的，所以收藏家一见他们买，也即抢购，导致安东作品的升值。

除了凡·高，所有画家都是某一程度上的商人，安东不认为这是一件羞耻的事，有人请他画肖像，他也干。

"从前的画家，像伦勃朗，都是谁给他钱，他就画谁，我怎么不行？"安东说。

我认为有条件的话，让他画，说什么也好过去拍全家福。

丁雄泉先生

爱上丁雄泉先生的画，只是因为被他画中鲜艳的色彩感染。

我认为短暂的人生没什么意思，若无花草树木，这个世界并非一个迪士尼乐园，没那么美好。愈是单调的生活环境，人们愈喜欢色彩。到中国西藏去就感觉得到，人的服装，又红又鲜，不像泥土那么灰暗。智利山上的农民，服装亦同。

丁雄泉先生没有受过正统的绘画训练，当我要求向他学画时，他说："画画谁都会，小孩子一开始就画洋娃娃、房子、一朵花，或是他们的父母亲，问题是敢不敢去用大胆的彩色。我能教你的，也只是色彩的观念。"

从此，在他的画室中，我们研究红、黄、绿、紫的搭配与调和。有时，他会把一张白描的人物画拿出来，让我上色。看过之后，他又添几笔，整幅画便活了起来。

我不贪心，知道永远成不了画家，精神负担就轻了起来，胆子也跟着大了。常沾了色彩，就泼墨般涂下去。

他儿子告诉过我："爸爸一向珍惜他的作品，我从来没有看过他让人那么乱来的。"

丁先生为了鼓励我，在那些已经被幼稚技巧弄坏的画上题字，说是两人合作，令我又感激又惭愧。

我从来也没想过独创一格，能模仿到丁先生一点一滴，已经满足；做他的徒子徒孙，好过自称什么大师。当然，我画出来的东西，有丁先生的影子。

这次到欧洲，从法国乘火车往英国伦敦去时，我提着的行李，也画上了鹦鹉和猫。在巴黎车站，有个女的忽然冲上前与我拥抱，我愕然时听到她大叫："Mr. Walasse Ting!（丁雄泉先生）"

原来她误认为我是丁雄泉先生，我的脸涨得通红，连忙解释。虽然对不起丁先生，但这是我人生中最大的成就，永远感激他老人家对我的教导和爱护。

九龙城"皇帝"

一大早，约好了岳华、恬妮、嘟宝一家，曾江、焦姣夫妇到九龙城街市三楼的熟食中心吃饭。先到肉枱，买好了"惊喜"，再去鱼饭店"元合"，看见有什么要什么。鲨鱼肉很肥美，买了四大片，也没忘记来一瓶普宁豆酱，冷鱼一蘸豆酱就不腥，配合得极佳；又买了10个潮州粉果。

"元合"这家人还做萝卜糕，萝卜下得十足，糕又软熟，非常出色。看到了芋头卷，是芋丝磨成的长条，蒸了再炸的，从前没有吃过。

"买两条吧，一定吃得完。"女店员说。

"好。好。"我点头。

"不知道好不好吃，为什么要听她的？"老板娘笑着问我。

"先相信她，"我说，"吃过后觉得不行，下次就不听她的话。"

乐融融地上了三楼，与8点半先到的杨先生夫妇吃了一轮。到了9点，岳华他们才抵达，可以拿出"惊喜"来了。

"惊喜"是4粒猪腰，半斤猪润。到粥档去，请老板煲出一大锅的及第粥来，用的是个面盆式的大铁锅，怎么吃也吃不完。

"打包吗？"岳华问。

"不如留给熟食档的人吃吧。"我说。

"要是他们也吃不完呢？"小女儿嘟宝问。

"那么留给虫虫蚁蚁吃。"我微笑。

"这才是照顾众生。"恬妮说。

"蔡澜是这一区的名人。"曾江向岳华说。

　　我谦虚道："不算名人，只能说是个熟客。真正的九龙城'皇帝'是周润发。"

　　曾江点头："周润发那小子也真是的，去每一家买东西，买熟了都拍照片送给人。记性又好，见到了问长问短，连人家家里的祖母也记得。有时候散步来，有时候骑脚踏车来，一点架子也没有，的确是个'英明的皇帝'。"

　　"九龙城'皇帝'万岁。"大家举杯。

染发膏

　　早上，到九龙城街市熟食档吃早餐，有人打招呼，转头一看，不是曾江是谁？好久没遇到他，不过在电视中天天见面，他们的染发膏广告，那么多年来，还是照放。

　　"第一次播是在什么地方？"我问。

　　"在戏院里。"他说，"当年只有'丽的呼声'的黑白电视，哪儿有彩色的？"

　　"你记得那时候的广告都是些什么吗？"

　　曾江说："像好立克、阿华田等，都很硬销，像人人搬屋那样喊口号，用的都是咖喱啡^①，我是第一个所谓的名人。"

"谁替你接的？"

"那年代哪儿有什么经理人？代理商叫我去他们的公司谈，反正没拍过，人家说什么就是什么。"

"给了多少钱？"

"几千元罢了。"

"那时候几万元就可以买一层楼。"我说，"再也没给过钱吗？"

"代理商说签合同时写明是永远用的，没有年限，所以没有义务再给钱，如果我要用染发膏，可以免费赠送，哈哈哈。"

"当年你多少岁？"我问。

"二十多岁，不到 30 岁。"曾江说，"是一个美好的年纪。"

"广告那么多年来没有改过？"我问。

"改过，后来又重新配了一次音，人也改了。"

"你没变呀！"我说。

"我没变，但是身边的那两个女人变了，当年的发型与服装都已不合时，用特技把原来那两个换掉了。"

我说："你现在更好看，一头灰发。"

曾江大笑："所以我没向他们要染发膏呀。"

---

① 咖喱啡是"Kill The Film"的音译，指临时演员。——编者注

大鹤泰弘

在拍《金燕子》的时候，用了一个日本美术指导，名叫大鹤泰弘。

此人大有来头，是日活片厂屈指可数的大师，石原裕次郎的许多卖座片都是由他设计的。

当时我很年轻，大鹤大概看我这小子不顺眼，处处与我为难，弄得我不容易下台。说什么我也还是一个制片人，为了整体的团结，我忍了下来。

以为这样便能无事，哪知这家伙变本加厉地作怪。一天，收工后我约他到一无人处，向他说："不要做人身攻击，先把戏拍好再说。要是你忍不住，那我们现在就一个打一个，来吧，我不怕你。"

他快要动手，但到底还是打不成。之后，我们的关系变得比较好。

拍片时期各自在工作上有所表现，也就顺利地拍完外景。杀青那晚，他拿了两大瓶清酒来我房间，大家喝醉，不分胜负。

接着，我带队和陈厚、何莉莉等去马来西亚拍戏，大鹤也是工作人员之一。

在南洋，他体会到了当地民生的悠闲，这是在繁忙的东京无法领略的。回到日本之后，他开始蓄胡子，又喜欢到各地旅行。

后来，他干脆连拍电影也不干了，拿了公积金和一生储蓄去开间餐厅，专卖咖喱饭。生意虽然不错，但是他还不满足，卖掉了餐厅之后，他奇装异服地到处流浪，成为一个老嬉皮。

疲倦后回日本，他在乡下买了一块地，种田去也。这些年来他忙于写作，自费出版了一本叫《我的田园归》的书，送了我一册。

　　我以为是什么诗赋，大鹤始终是一个怪人，里面写的尽是关于一个城市人如何成为乡下人的内容，如土地的契约怎么办理，买什么肥料等，一点也不诗情画意。

　　上次去乡下找他，他是变了一副样子，只有那两颗闪亮的眼睛和以前一样。他说，他怀念电影，偶尔也打游击式地去东京做一部戏的美术指导，其他时间花在耕耘上。

　　当时我们大醉，又是不分胜负地收场。